囚われた王女は二度、幸せな夢を見る 1

三沢ケイ

角川文庫
24462

Contents

Characters 主な登場人物

アナベル・ナリア・ゴーテンハイム《ベル》

魔法が盛んなナジール国で“魔法を使えない”第一王女。一度目の人生（前世）では18歳で悲劇に遭い、気づくと12歳まで時間が巻き戻っていた。今世では未来を変えて、幸せな人生を生きたいと決意する。

エドワール・リヒト・ラブラシュリ《エド》

前世では優秀な魔法騎士として最期までアナベルの護衛を務め、深紅の魔法珠を託して力尽きた。今世ではアナベルと、グレール学園の先輩として出会う。アナベルの兄の幼なじみで、公爵家の次男。

イラスト：央川みはら

【ナジール国】

シャルル アナベルの1つ上の兄で、国の王太子。

エリー アナベルが幼い頃から仕える侍女。

ドウル・ブリノ・ヴェリガード

シャルルとエドの幼なじみで同級生。代々騎士として名高い伯爵家の嫡男。

オリーフィア・ユーリ・アングラート《フィア》

アナベルの従姉妹にして学園の同級生。一番の親友でもある。公爵家の令嬢。

クロード・フロラン・ジュディオン

アナベルとフィアの同級生で友人。国の外交の要を担う侯爵家の嫡男。

【サンルータ王国】

ダニエル・バーレク

ナジール国の隣国の第一王子。前世でアナベルの婚約者だったが突如豹変し、婚約破棄と断罪を宣言。アナベルを投獄した。

【ニーグレン国】

キャリーナ・ニークヴィスト

ナジール国の南方に隣接する国の妖艶な王女。前世ではアナベルが婚約破棄された後、ダニエルの新しい王妃候補となる。

序章

その言葉を聞いたとき、今まで信じてきたものが足元から崩れ落ちるのを感じた。

目の前の王座に足を組んで座る男――サンルータ国王のダニエル・バーレクは冷酷とも言えるアイスブルーの瞳《ひとみ》でこちらを見下ろしている。

その表情は、かつて私を幸せにすると微笑み、屈託のない笑顔を向けてくれた人とはまるで別人のように見えた。

「恐れながら陛下。わたくしと陛下の婚約は国と国との約束ごとでして――」

「その国がなくなったと、先ほど言っただろう？　聞こえなかったのか？」

冷然とした言い方は冗談を言っているようには聞こえない。私はカラカラに渇いた口で言葉を紡ごうとしたけれど、出てきたのはヒューヒューという乾いた音だけだった。

国がなくなった？　私の祖国、ナジールが？

すぐには理解できなかった。

いいえ、理解したくなかっただけかもしれない。

悪戯《いたずら》にしてはたちが悪すぎる。ちっとも面白くない。

だって、つい数ヵ月前に国民の皆が手を振って私を送り出してくれたのだ。サンルータ王国とナジール国の末永い友好を信じて、盛大に祝いながら。

「よって、お前との婚約は白紙だ。これより、敗戦国の王女として牢獄《ろうごく》に入ってもらう」

「なっ！」

目を見開いて絶句する私の後ろに控えていたサンルータ王国の近衛《このえ》騎士達が、有無を言わさずに拘束してくる。

「陛下！ わたくしの祖国に攻め入ったのですか！」

「連れて行け」

「陛下！」

悲痛な叫びが虚《むな》しく大広間に木霊《こだま》する。

愚かな私は、このときまだ心のどこかで期待を捨てていなかった。

きっと、これは悪い夢で、目が覚めればまた昔と変わらぬ日常が始まるのだと……。

◇◇◇

ピチョン、ピチョンと床に滴が落ちる音が薄暗い牢に響く。

天井から染みだした水は規則正しくときの流れを刻んでゆく。

婚約の白紙を告げられてからもう何日、何週間、この暗く冷たい場所で過ごしたのだろう。

途中から数えていないから、それすらもわからない。

最高級のベッドで眠り、きらびやかなドレスを身に纏《まと》い、多くの人々にかしずかれる。

そんな生活は儚《はかな》く消えた。

どこで何を間違えたのだろうかと考えたけれど、答えはわからなかった。

水の落ちる音以外は自分の呼吸の音しか聞こえないような静寂。

それを破るように、荒々しい足音が聞こえてきた。

ハッとして、そっと通路側の壁に寄り添うと、扉に付いた鉄格子の僅《わず》かな隙間から外を窺《うかが》った。衛兵とおぼしき武骨な男たちに両脇を抱えられて引きずられるように連れてこられたのは、漆黒の髪を持つ満身創痍《まんしんそうい》の男だった。

「エド……」

傷付いてボロ雑巾《ぞうきん》のようになった男――エドワール・リヒト・ラブラシュリは私の護衛騎士だ。すべてが一変したあの日、何十人ものサンルータ王国の近衛騎士達に取り囲まれながらも、私を助けようと戦ってくれた。そして、最後は先に拘束された私を盾に降伏を迫られ、捕らえられた。

僅かに見えた彼の顔は、厳しい拷問を受けて紫色に腫《は》れ上がり、口元には血がべっとりと付いていた。首に嵌《は》まった魔法行使を防止するための黒い魔力拘束首輪は血に濡《ぬ》れているのか、松明《たいまつ》の光を反射しててらてらと光っていた。

「なんてことを」

私は漏れそうになる嗚咽《おえつ》を抑えるために、両手で口を覆った。

もはや彼の端整な顔立ちの面影は、ほとんどなかった。

「しぶとい男だな。どこにナジール国の王室の隠れ家があるのか、さっさと吐けばいいものを」

衛兵は乱暴にエドを独房へと突っ込むと、忌々しげに扉を閉めた。エドは立つ元気もないようで、石の床にドサリと倒れたような音が聞こえた。外から錠をかける、ガチャンという音が辺りに反響する。

扉の隙間から僅かに見える衛兵は無表情に倒れたエドを見下ろしていたが、思い出したようににやにやしながらこう言った。

「そうだ、いいことを教えてやろう。お前が忠誠を誓っている姫様は、もうすぐ死ぬ。新しく王妃様になるお方が、お前が口を割らない罰として、王女には食事は与えるなとおおせだ。お前のせいだな。せいぜい自分の罪深さを悔いながら、敬愛する女が衰弱する様を見るがいい」

「ははっ、その前にこの男が死ぬんじゃないか？」

「それもそうだ」

せせら笑いながら吐き捨てた衛兵達が去っていくのを見送りながら、私は体が震え出すのを止めるためにぎゅっと自分を抱きしめた。

泣くな、震えるな。私は誇り高きナジール国の第一王女。

そう、あの衛兵が言う『姫様』とは、私のことだ。

私、アナベル・ナリア・ゴーテンハイムは、ナジール国の第一王女であり、ここサンルータ王国の若き国王——ダニエル・バーレクの婚約者だった。

三つ歳上のサンルータ国王、ダニエルとは政略結婚のために十六歳で婚約した。

今となっては信じられないことだけれど、出会ってから婚約に至った後も、ダニエルはとても優しく紳士的だった。穏やかに微笑み、静かに私の話に耳を傾《かたむ》け、祖国を離れることを不安に思う私を優しく抱きしめた。そして、必ず幸せにすると耳元で囁《ささや》いた。

だから、私は彼とならば幸せな未来が築けると信じ、十八歳となった今年、ほとんど供も連れずにこの国に嫁いで来たのだ。

隣り合う二ヵ国の王族が政略結婚することなど、珍しくもなんともない。

ただ一つ普通でないことがあるとすれば、政略結婚をすることが既に決まり、友好的な関係にあったはずのサンルータ王国が、私の故郷であるナジール国に攻め入ったことだ。

それが起こったのはまだ私がサンルータ王国入りして何カ月も経っていない、結婚式の準備を進めている最中のことだった。

ことの発端は、唐突に訪れた。

「ベル。ニーグレン国のキャリーナ王女が到着したようだ。少し相手をしてくるよ」

「はい。行ってらっしゃいませ」

ある日、予定より二週間も早く到着した隣国の王女を迎えると言って、ダニエルはいつものように笑顔で謁見室に向かった。

そのときまでは、いつもと変わらなかった。優しく微笑み、去り際には私の頰にキスを落とし、愛《いと》しげに見つめる。そして、名残惜しそうに頰を指でなぞった。

しかし、数時間後にドレスに合わせる装飾品の最終確認をしていた私の下に戻ってきた彼は、まるで別人――鬼のような形相をしていた。

「ベル。貴様、なんてことを……」

いつもの彼らしからぬ様子に、私を含めその場にいた他の者達も顔を見合わせた。

「陛下？　どうなされました？」

「どうもこうもあるか！　貴様の祖国、ナジール国と内通し、俺を裏切ろうとしたな⁉　結婚してから俺を殺し、この国を乗っ取るつもりだったのだろう！」

憤怒《ふんぬ》で顔を赤く染めたダニエルは私を睨《にら》み付け、乱暴な足取りでこちらに近づいてくる。次の瞬間、左頰に鋭い痛みが走り、口の中には血の味が広がった。

「きゃあ！」

突然頰を張ったダニエルの行動に、侍女達がパニックになり悲鳴を上げる。誰かが落としたのか、陶器が割れる音が部屋に響いた。

「姫様！」

勢いで撥《は》ね飛ばされ床に倒れた私を、部屋の隅に控えていたエドが駆け寄って助け起こした。ダニエルはその様子を眺め、眉《まゆ》をひそめた。私がぶつかってしまったせいで床に散らばった、高価な貴金属をごみのように踏みつけながらこちらに近づく。

「そうか、わかったぞ。その男とできているのだな？」

「何を……」

「お前は顔だけはよいからな。なるほど、その男を通して祖国と内通していたのだろう？　俺には清純ぶりながら、陰では誰にでも股《また》を開く淫乱《いんらん》が！」

蔑《さげす》むような目でこちらを見下ろすダニエルを、ただただ見上げることしかできなかった。

内通？　淫乱？

言われていることを理解した途端、頭が真っ白になる。

「わたくしは、そのようなことはしておりません！」

何が起こっているのか、訳がわからない。

私がエドと不貞を働き、祖国と内通してダニエルを亡き者にしようとしているですって？　天に誓ってそんなことはしていない。

「陛下！　誤解です」

「黙れ！　貴様を信じた俺が愚かだった。そもそも魔法を使えない王女を寄越《よこ》すなど……。その時点でナジール国が我がサンルータ王国を侮辱していたことは明らかだ。俺が若い国王だから簡単に籠絡《ろうらく》できると思っていたのだろう？　誰か、この者を部屋に閉じ込めよ」

「え……」

私は言葉を失い、呆然《ぼうぜん》とダニエルを見つめる。

いつもなら優しく微笑み、頬にキスをくれる彼は、今は憎いものでも見るかのような凍《い》てついた眼差《まなざ》しでこちらを見下ろしていた。

（なぜなの？　どうして、そんな目で私を見るの？）

胸の内がすーっと凍りついてゆく。

私の祖国、ナジール国は、非常に魔法が盛んな国だった。生まれながらに強い魔力を持つ国民が多く、多数の魔術師や魔法騎士を抱えていて新魔法の開発にも積極的だ。世界広しといえども、ナジール国ほど魔法が発展している国はほかにないだろう。

にもかかわらず、王女である私は、彼が言うとおり魔法を使えなかった。体の中に膨大な魔力を持ちながら、それをうまく放出させることができないのだ。

魔法の使い方は完璧《かんぺき》に覚えて魔力も豊富。なのに、魔力を放出できない故に魔法を使うことができない〝出来損ないの王女〟――それが私だ。

けれど、決して侮辱などではない。ナジール国に王女は私一人しかいなかったのだ。

そのことはダニエルとてわかっていたはず。

「魔法が使えなくても、構わない。君に来てほしい……。陛下はわたくしに、そう仰《おつしや》ったではありませんか！」

両方の瞳《ひとみ》から、熱いものが流れ出た。

だって、そう言ったじゃない。

君を愛している、俺が守るからって、言ったじゃない！

嘘つき。嘘つき。嘘つき！

そこからの日々は記憶が曖昧《あいまい》だ。

滞在していた客室に軟禁され、部屋の外に出ることはおろか、外部の人間と会話を交わすことすら禁じられた。情報が全く入ってこず、ただただときだけが流れてゆく。

夢と現実の狭間《はざま》を生きていたとでも言おうか。いつ寝て、いつ食べたのか。そんな生命を繋《つな》ぐ最低限の営みのことすらわからなくなってゆく。

数カ月後、ようやくダニエルと再会したときに、彼からサンルータ王国がナジール国に攻め入ったことを聞かされた。そして、『お前の祖国はなくなった』と言われ、有無を言わさずに投獄された。

かくして私は牢《ろう》へと繋がれ、籠《かご》の鳥以下の、ネズミ捕りにかかったドブネズミのような日々を過ごしている。

カビと汚水の混じり合う嫌な臭いは、いつの間にか慣れてしまった。

けれど、血の臭いは未《いま》だに慣れない。

「エド？」

私は牢獄の入り口にいる看守に気付かれないような小さな声で、隣の独房へと呼び掛ける。少しの沈黙の後に、「はい、姫様」と掠《かす》れた声で小さな返事があった。

誰が呼んでいたというわけでもなく、エドは初めて会ったその日から私を『姫様』と呼ぶ。そして、姫ではなくただの囚人となった今も、未だに『姫様』と呼び続ける。

「もう、いいのよ。貴方《あなた》まで死んでしまうわ。わたくしのことはいいから、一人でお逃げなさい。尋問で牢から出る際に、あなた一人なら逃げられるはず」

「――姫様をおいては行きません。最後までお守りすると申し上げたでしょう？」

「だって、きっと助けなど来ないわ」

「必ず来ます」

エドの言葉に私は押し黙る。

この牢に繋がれてから何度繰り返したかわからない、このやり取り。

エドは必ず祖国から助けが来ると、毎日のように私を励ましてくれる。私は彼のこの言葉に、どれだけ助けられただろうか。

エドは元々、王太子である兄の幼なじみであり、祖国ナジール国のエリート魔法騎士だった。それなのに、私の輿《こし》入れのお供としてこの国にやってきたのだ。

私は最初、自分のお供がエドであると聞いて驚いた。エドの実力はナジール国では一、二を争うほどで、箱入り娘だった私ですらその評判を耳にすることが多かった。だから、彼を同行させることは才能の流出であり、国益を損なうと思ったのだ。

それを無理に推し進めたのは王太子であり、エドの親友でもある私の兄だった。少ない供しか付けられない私には、優秀な護衛が必要だと。

「わたくしのお供になったせいで、ごめんなさい」

「何を仰いますか。自分で強く希望したことです」

嘘だ、と思う。

エドはナジールに残れば、いずれは国の中核を担う人物になれた。それなのに、私が捕らえられたせいで、共に牢獄《ここ》へ連れてこられてしまった。

一人なら十人の戦士を相手にしようとも容易《たやす》く逃げられたはずなのに、私を人質にとられたせいで捕らえられたのだ。

「先程、尋問室に連行される途中に、ほんの僅《わず》かに空が見えました」

「空？」

「ナジール国と繋がっています。きっと、姫様の大切な人達も同じ空を見上げていることでしょう」

同じ空を……。

不意に涙が溢《あふ》れそうになり、私は唇を引き結ぶ。

衛兵達の断片的な会話から判断すると、祖国であるナジール国は奇襲のように攻め込まれて一気に首都まで陥落したらしい。ただ、未だに私の家族である国王一族やその側近達は行方を晦《くら》ましているようだ。それに、魔法騎士軍も忽然《こつぜん》と姿を消したと。

お父様とお母様、それにお兄様は生きているのだろうか。

どうか、無事でいて欲しい。

サンルータ王国の軍隊は残ったナジール国軍が反撃してくるのを怖れ、血眼になってその行方を捜している。未だに私が処刑されずにいるのは、攻め込まれたときの脅しの材料として使うつもりだからだろう。

エドはつい数カ月前まで魔法騎士軍の中枢部にいた。このようなときに軍がどういう動きをとることになっていたかを、よく知っている。だから、彼らはなんとしてもエドから王族と魔法騎士軍の動きを聞き出そうと、毎日拷問を繰り返しているのだ。

「エド。手を」

私は独房の一番奥にある、汚水とヘドロで薄汚れた排水溝へと手を伸ばす。

各独房の壁際には汚水を流すための排水溝があり、横並びの独房を貫くように傾斜をつけて溝が入っている。その溝を通す僅か十センチメートル四方の穴が、厚い石の壁で隔てられた私とエドを繋ぐ唯一の窓だった。

小さな穴へと手を伸ばすと、エドの指に手が触れた。その温かさにほっとする自分がいることに、また酷《ひど》い自己嫌悪に陥る。

私を置いて逃げなさいと言いながら、私はこんなにもこの人を必要としている。その大きな手に触れられると、こんな環境にいながらも安心するのだ。

「姫様、大丈夫ですよ」

「ええ」

「必ずお守りしますから」

「ええ。いつも守ってくれているわ」

私には、ダニエルが豹変《ひょうへん》して私の頬を張ったあの事件の直後、エドがかけてくれた加護がある。

その効果で、誰も私の体を傷付けることはできない。新しい王妃候補——隣国ニーグレン国のキャリーナ王女の指示のもと、ここの衛兵が私に暴行を働こうとしたときも、触れようとしただけで稲妻が走り逆に衛兵が気絶した。

考えれば考えるほどおかしな話だ。国と国が政略結婚の約束をして、婚約者として向かった数カ月後には無実の罪で獄中に繋がれた。そして、私の結婚式の来賓として来るはずだった隣国の王女が新しい王妃候補として決まっているだなんて。

けれど、サンルータ王国の人々は誰ひとりとしてこの異常性を指摘しようとしない。

先程エドを連れてきた衛兵は、キャリーナは私に食べ物を与えないで衰弱死させるように指示したと言っていた。

ナジール国の魔法騎士団や王族がどこに行ったかわからない中、かの国の王女であった私はサンルータ王国にとって貴重な脅し材料になるはず。ダニエルが今の状況で私を殺すことを承知するとは思えないので、きっとその兵糧攻めはキャリーナの独断だろう。

しかし、ここの看守がそれを知るはずもない。いくらエドの加護が強力であろうと、飢えばかりはどうすることもできないだろう。

そうだとはわかっている。わかっているのだけれど、エドの『大丈夫』は私を安心させる不思議な力がある。

「エド。今度は兵糧攻めらしいわね」

「…………」

エドは答えなかった。

「どうせ死ぬならば、全く違う道を選べばよかったわ。楽しいときは大声を出して笑って、悲しいときは涙を流して泣くの。町で買い物して、好きなものを大口開けて食べて、恋に落ちて愛する人と結婚するの」

できもしない夢を語り、ふっと自嘲《じちょう》のため息を漏らす。

私はこれまで、一国の王女として、人生の全てを国に捧《ささ》げてきた。感情を殺し、自分を殺し続けた結果がこれだ。人生とはなんと理不尽なのだろう。

「――今からでも、きっとできます」

「ふふっ。エドが叶《かな》えてくれる？」

「もちろん」

「こんな目にあったのだもの。一度ならず二度叶えられてもいいくらいよ」

「そうですね。では、二度、叶えましょう……」

「まあ、頼もしいのね」

こんな環境にも拘《かか》わらず、思わず笑みが洩《も》れる。

私を落ち込ませないための嘘は、どこまでも優しい。

そして会話が途切れ、指を触れあわせたまま、また独房に静寂が訪れる。

ピチョン、ピチョンと天井から雫《しずく》が垂れる音のみが響いていた。

「……エド？」

ふっと触れていた指から力が失われた気がして、私はエドに呼びかける。

すぐにいつものように「はい、姫様」と優しく返事をしてくれると思っていた。それなのに、いつまでも声は返ってこず、私は急激に不安を覚えた。

「エド？　お願い、返事をして……」

「──姫様。……これを」

返事があったことに、ほっとする。

一旦《いったん》手を離したエドが何かを差し出したのを、指先に感じた。手探りで確認すると、丸い形をしている。私はそれを受けとると、目で確認した。

「これ……」

それは、魔《ま》法珠《ほうじゅ》だった。薄暗い牢獄《ろうごく》でもわかる、エドの燃えるような赤い瞳《ひとみ》と同じ、深紅の魔法珠だ。

『魔法珠』とは、その人の魔力を結晶化させたもので、魔法を使う者にとって、特別な意味を持つ。

同時にひとつしか作ることができず、本人が死しても中の魔力が切れない限り、それを贈った相手への加護を残し続ける。

多くの場合、婚姻の証《あかし》に愛する人に渡したり、戦場に向かう者が残される家族や恋人、親友に託したりするものだ。

「やだわ、エド。なんでこんなものを……」

そう聞きながら、嫌な予感がせり上がる。

嫌だ。私をずっと守ってくれるのでしょう？

「エド？」

「姫様、願いは叶いますよ。その願いが叶うまで、私が……必ずお守……りしま……す」

「もちろんよ……。だって――」

喋《しゃべ》りかけていた私は、握っていたエドの手から明らかにフッと力が抜けるのを感じた。

サーッと頭から血の気が引くのを感じた。

嫌だ。嫌だ。嫌だ。

「エド？　返事をして。エド？　……エド？」

返ってこない声に、私は天を仰ぐ。

王女たるもの、決して人に見られる環境で声を出して泣いてはならないと教えられたのに、嗚咽《おえつ》が抑えられずに涙が頰を伝う。

ああ、私はどこで間違えたのだろう？

国のため、民のため、愛する人達のため、全てを捧げてきた。

私がどこかで違う道を選んだならば、ダニエルの機嫌を損ねずに済んだ？　故郷は潰《つぶ》されずに済んだ？　せめて、最期まで傍にいてくれたこの忠実な騎士だけでも救うことはできた？

わからない。もう、わからない。

何もかもがわからないのだ。

「……エド？　エド？　お願い、返事をして。エド！　エド！」

シーンとした独房に、私の慟哭《どうこく》が響き渡る。

私の声に気付いた看守が訝《いぶか》しげな表情で近づいてくる。もう何日も剃《そ》っていないような白髪交じりの髭面《ひげづら》でこちらを覗《のぞ》き、次いで隣のエドの独房を覗く。そして、「なんだ、死んだのか？」と、なんでもないことのように呟《つぶや》いた。

――そう、まるで、彼にとってはどうでもよいことのように。

襲ってきたのは体の奥底から沸き上がる怒りだった。それと同時に体の芯《しん》が急激に熱くなり、あまりの熱に耐えきれずに両腕で自分の体を抱きしめる。

体験したことは一度もないけれど、知識としては持っている。これは、怒りによる魔力暴走だ。十八年に亘《わた》り私の中に蓄えられた魔力が急速に膨れ上がるのを感じた。

「いやあああぁー」

悲鳴と共に、ドッシーンという轟音《ごうおん》が響き渡る。天井や壁が吹き飛ぶのと同時に視界を粉塵《ふんじん》が覆い、白く霞《かす》んだ。

今さら魔力の放出に成功するなんて、遅すぎる。

何もかもが、遅すぎたのだ。

なくなった外壁から、王宮のテラスとその前の大広場が見えた。

着飾った人々が集まっているところから判断すると、あれは新王妃誕生、もしくは勝利を祝賀するパーティーか何かだろう。

『望遠』

小さく呟くと、視界が広間にぐっと近くなる。羽根のついた扇を持ち優雅に微笑むのは忘れもしない、あの女。牢獄にいる私に向かっていい気味だとせせら笑った、キャリーナ・ニークヴィスト――このサンルータ王国の未来の王妃、その人だ。燃えるような赤い髪とエメラルドのような緑の瞳を持った、妖艶《ようえん》な女。

そして彼女の隣には、かつて私の婚約者だった男――ここサンルータ王国の国王であるダニエルがいた。

祖国を、家族を、友人を――。

私から全てを奪った。

絶対に……絶対に許さない。

「滅びるがいい！」

慟哭と共に、もう一度体の奥底から魔力が膨れ上がる。轟音が響き、遠い宮殿の塔が崩れ落ちる。下にいる人々の悲鳴が聞こえた。

どれ程多くの魔力を持とうと、それを使えなければ意味がない。

視界が霞んだのは、舞い上がる粉塵のせいか、それとも、目に溜《た》まった涙のせいか。

天を仰げば、今は亡き祖国で見たのと変わらない澄んだ青空が見えた。一羽の鷹《たか》が、悠然と飛んでいる。

熱いものが一筋、頰を伝う。

もしもときが戻るならば、私は――

再度強烈な閃光《せんこう》が放たれ、辺りの建物が崩れ落ちる。

――こんな馬鹿げた運命にあらがうため、全力を尽くすだろう。

耳をつんざくような轟音と共に、私の意識は闇に呑《の》まれた。

第一章

◆1．二度目の人生の始まり

私は閉じ込められていた。ソファーも椅子も、カーペットもないこの暗く冷たい牢獄で、たった一人で剝《む》き出しの石の床に座り込んで。

――ガシャ、ガシャ、ガシャ。

あれは鎧《よろい》の金属がぶつかって鳴る音だ。衛兵達が近づいてきている。

だんだんと大きくなるその音に、思わず両耳を塞《ふさ》いだ。

嫌だ、嫌だ、嫌だ。

「おいっ、出ろっ！」

怒声と共に隣の独房が乱暴に開けられて、中にいる男が引きずり出された。咄嗟《とっさ》に立ち上がると鉄扉のすぐ近くに駆け寄り、そこに付いた窓の小さな鉄格子の隙間から外を窺《うかが》った。

「エド……」

両わきを衛兵に固められ、黒い魔力拘束首輪を付けられたエドはチラリとこちらを一瞥《いちべつ》すると、小さく首を振る。黙っていろと言っているのだ。目を見開いたままその姿を見送りながら、両手で口を押さえて泣き出したい衝動を抑え込んだ。

行ってしまう。皆が行ってしまう。

二度と自分の手が届かないところへ、行ってしまう。

「いや……」

堪《こら》えきれずに声が漏れた。

「いや、いや、いや……、いやぁぁぁー!!」

お願い、私からこれ以上、大切なものを奪わないで——。

——

————

——————

「はっ！　はぁ、ああ……！」

目が覚めると、酷《ひど》い汗だった。ネグリジェはびっしょりと濡《ぬ》れ、金の髪はおでこや首に張り付いている。そして、指先に触れたベッドのシーツは汗で冷たくなっていた。

「ベッド？」

お尻《しり》の下の柔らかな感触に、驚いた。

今私がいるのは、紛れもなくベッドの上だった。それも石でも木でも病人用の質素なものでもなく、天蓋《てんがい》付きの豪華なベッドだ。

暗い牢獄《ろうごく》にいたはずなのに、これはどういうことなのだろうか？

混乱して状況が呑み込めずにいると、扉をノックする音がして声がかけられる。

「アナベル様、如何《いかが》なさいましたか？」

カチャッという音と共に、寝室の扉が開かれて心配そうな声が聞こえた。

「あ、なんでもないわ」

私は咄嗟に体裁を取り繕って答える。

「さようですか」

扉から顔を出した若い女性を見て、驚いた。茶色い髪をひとつに纏《まと》めたそばかすのある優しそうな女性――かつて祖国のナジール国で私の侍女を務めていたエリーは、ほっとしたように息をつくと、こちらまで歩み寄ってきた。

あるわけがない光景に硬直する私に対し、エリーは落ち着いた様子だ。

「アナベル様、今日もお寝坊さんですわ。もう、起きて下さいませ」

「――い、今、何時なの？」

「もうすぐ八時ですわ」

「えっと……じゃあ、起きようかしら」

「かしこまりました」

エリーはにこりと微笑むと、ベッドの脇をすり抜けて窓にかかったカーテンを引いた。朝の光が部屋の中に差し込み、辺りを明るく照らし出す。私は、ぐるりと首を回して部屋を見渡した。

壁際に置かれた木製サイドボードには縁に精緻《せいち》な彫刻が施されている。白色の上品なクローゼットは可愛らしい猫足。それとお揃いのデザインの大きな鏡がついたドレッサー……。

そこは、忘れるはずもない、かつて私が過ごしたナジール国の王宮の私室だった。

(何がどうなっているの⁉)

訳がわからない。私は確かにサンルータ王国の牢獄にいたはずなのだ。

全ての窓のカーテンを整えたエリーはこちらまで歩み寄ると、「あらまあ、凄《すご》い汗ですわ」と驚いた顔をした。

「喉《のど》がお渇きでしょう？　すぐにお水を持って参ります」

「あ、ありがとう」

「それにしても、すごい悲鳴でしたわね」

「ごめんなさい。……ちょっと、怖い夢を見たのよ」

混乱を隠すように笑顔を取り繕った私を、エリーは目を丸くして見つめる。その表情を見て、途端に不安になった。なにかまずいことを言っただろうか？

「いいえ。アナベル様はだいぶお姉さんになりましたけれど、まだこんなに可愛らしいと」

「……どうしたの？」

「？　エリー？」

「ふふっ、お気を悪くなさらないで下さいませ。褒めているのですわ。わたくし達の敬愛する王女殿下は、誰よりも立派な淑女でありながら、誰よりも可愛らしいと」

私は目を瞬《またた》いた。十八歳にもなる女性に対して『可愛らしい』ってどうなの？　思わず目を眇《すが》めてエリーを見上げてしまった。

「──本当に？」

疑わしいものだとジトッと見つめると、エリーはにこりと笑い「もちろんですわ」と言った。

「その汗では、先に着替えてしまったほうがいいかもしれませんね。今日のお召し物はこちらでよろしいですか？」

エリーはクローゼットに歩み寄ると、そこから水色のドレスを取り出し、それを私の前に差し出す。

「え？」

それを見た瞬間、驚きと共に懐かしさが込み上げてきた。

胸の部分とスカートに大きな白いリボンがついたそのドレスは、ずっと昔にお父様が何枚かプレゼントしてくれたうちの一着だ。

あれは確か……十二歳の誕生日だった。とてもお気に入りのドレスで、裾《すそ》が擦り切れてみっともないと周りの人達から止められるまでよく着ていたのを覚えている。

「どうしたの？　そんなに昔のものを取りだして」

「昔？　まだ頂いてひと月しか経っていませんわ」

エリーはきょとんとして首を傾げ、こちらを見つめる。

「え……？」

私は驚いてそのドレスをもう一度見つめる。やっぱりそれは、記憶の中に残る十二歳の誕生日に貰《もら》ったドレスに間違いない。けれど、エリーが持っているドレスは、確かに真新しかった。使い古したせいで日焼けして色が落ち、裾が擦り切れてしまった記憶の中のドレスとは違っている。

私は無意識に自分の両手を広げ、まじまじと眺めた。

視界に映るのは、少しふっくらとした、まだ子供の手。

（！　どういうこと？）

すでに色々なことがわからないけれど、これはあまりにも想定外だ。状況が呑《の》み込めずに呆然《ぼうぜん》としていると、眉《まゆ》を寄せたエリーが覗《のぞ》き込んできた。

その顔を見てドキッとする。エリーは私の五つ年上だ。既に二十三歳のはずなのに、私を覗き込むエリーは十代にしか見えない。

「アナベル様？　もしかして体調が悪いのですか？」

「ううん、違うの！　──わたくし、それを着られるかしら？」

「え？　もちろん、着られます」

エリーは私に立つように促すと、汗で湿ったネグリジェを素早く脱がせてそのドレスを着せた。袖《そで》を通すと、サイズは驚くほどにぴったりだった。

私は部屋の片隅にあるドレッサーの鏡で、自分の姿を確認した。

映っていたのは物心付いたときから毎日のように見ている、金の髪、淡いグリーンの瞳《ひとみ》、白い肌の女だ。ただ、決定的に違うことがある。──体が小さいし、顔つきが幼いのだ。

（……どうして？）

こんなことが起こるはずがない。私は嫁ぎ先のサンルータ王国で投獄され、魔力解放したもののとき既に遅く、全てを失った。そして、さらに魔力を暴走させて力尽きたはずなのだ。

鏡を見つめたまま表情を強《こわ》ばらせて動けずにいる私を見つめ、エリーはまた怪訝《けげん》な表情をした。

「アナベル様？　今日は本当に、どうなされたのですか？」

私はすぐにハッとして、表情を取り繕う。

「なんでもないわ。ものすごくおかしな夢を見てしまって、ちょっと動揺したのよ。─

―あの、お父様とお母様とお兄様はどうなさっているかしら？」

「どうって……、いつも通りですわ。そろそろ準備を始めないと、朝食の席で皆様をお待たせしてしまいます。――わたくし、お顔を清めるお水とタオルを持って参りますわ」

エリーは私の脱いだネグリジェを手に、笑顔で退室する。その後ろ姿を見つめながら、私は笑みが漏れるのを堪《こら》えきれなかった。

「ふふふっ」

夢だ。

全部、全部、夢だったのだ。

あんな恐ろしい夢を見るなんて、どうかしている。ナジール国は無事、お父様もお兄様も無事。みーんな、無事。

ご機嫌でくるりと体の向きを変えた私は、ベッドの白いシーツに赤いシミがついているのに気が付いた。

「嫌だわ。月のものかしら？」

よくよく考えれば、十二歳になったばかりの私には、まだ月のものはきていなかった。どこか怪我でもしたのかとそちらに歩み寄った私は、その赤いシミの正体に気付いて体を硬直させた。

そこには、小さな珠《たま》が落ちていたのだ。血のように赤く、美しい珠。エドが死ぬ直前に、十八歳の私に託した、魔法珠だ。

ころんとしたそれを拾い上げ、私は呆然と立ち尽くす。魔法珠はまだたっぷりと魔力が込められており、深紅に染まっている。

なぜここに、こんなものがあるのだろうか？　だって、あれは——。

「——夢じゃないの？」

小さく呟《つぶや》いたその声は、誰が答えることもなく広い部屋に掻《か》き消えた。

「嘘……」

◇　◇　◇

王女たるもの、常に微笑みを絶やさず、国のための駒として動くのが当然だ。

かつて私は、そう信じていた。

自らの意志を貫き、考えを述べるなど言語道断。だから、まわりから言われるがままに操り人形のように動き、何があっても「よろしくてよ」と微笑む。嫁げば夫に従順に、一歩後ろに下がる。それが国民の幸せに繋《つな》がると信じていたのだ。

私、アナベル・ナリア・ゴーテンハイムはナジール国の第一王女としてこの世に生を受けた。父は第十八代ナジール国王であり、一つ年上に王太子である兄が一人いる。母は元侯爵令嬢だ。

ナジール国は大きな大陸の北側に位置した、海に接する美しい国だ。国土はさほど大きくないものの、とても歴史が古い国でもある。東側、西側、南側は三つの国と接しており、大陸全体では数十もの国が犇《ひし》めいている。

国が多ければ争いが絶えないのは世の常で、各国は国家存続のために様々な策略を巡らせてきた。ナジール国も例に漏れず、国の平和を保つための外交には特に力を入れてきた。その最たる例が政略結婚だ。

だから前の人生――一体どういうことなのかよくわからないから前世と呼ぶことにしよう――で私が西の隣国サンルータ王国に旅立つとき、国民は歓喜に沸いた。ナジール国とサンルータ王国の関係がより強固なものになり、末永い平和が続くと信じて。

「ベル。辛《つら》いことがあったとしても私達はお前の味方だ」

「あら、大丈夫ですわ。わたくし、幸せになります」

嫁ぐ際、王太子であるお兄様は眉根を寄せて心配そうに私の頬を撫《な》でた。私はお兄様の心配を払拭《ふっしょく》するように笑ってみせた。

お兄様はこちらを見つめて微笑むと、私の斜め後ろへと視線を移した。

「エド。どうかベルを守ってくれ」

「命に代えてもお守りします」

私の後ろに控えていたエドは、静かに目を閉じてかしずくと、胸に手を当てて誓いを立てた。

今思い返せば、お兄様やエドはあの頃から何か嫌な予感、虫の報《しら》せのようなものを感じていたのかもしれない。

けれど、私もまたあの結婚でナジール国とサンルータ王国の関係がよくなると信じていた愚かな一人だった。

——その結果があの悲劇ならば、私は人形であることを今日限りでやめよう。

夢か現実かわからないが、この世界は確かに時間が巻き戻っている。ならば、まだあの未来を防ぐことができるかもしれない。

非現実的な状況に見舞われた私は、そう思うことにした。

愛する人達との再会に駆け寄りたい衝動を抑えるために、私はすっと息を深く吸い、ドアの前で目を閉じる。

——目を開けて。そして私は、十、二、歳、の、ア、ナ、ベ、ル、になるのよ。

澄ました笑みを浮かべ、豪奢《ごうしゃ》なドアをひとつノックした。

◇ ◇ ◇

ダイニングルームに入ると、既に食卓には国王陛下であるお父様と王妃であるお母様、それに王太子であるお兄様のシャルルが座っていた。テーブルの上には既にパンやジャム、サラダ等が並べられている。エリーの言うとおり、私待ちだったようだ。

「おはようございます。お父様、お母様、お兄様」

「おはよう、ベル」

三人は私に気が付くと、声を揃えて笑顔で挨拶《あいさつ》を返す。

「ベル、今日も着てくれているのか」

お父様は私の着ている水色のドレスを見ると、嬉《うれ》しそうに笑った。ひと月ほど前、私の十二歳の誕生日にプレゼントしてくれたドレスだ。

日付はさっき、机にしまってある日記をチェックして確認した。

「うんうん、今日も可愛いね」

お兄様がにこにこしながらそう言う。お兄様は昔から、少しばかり妹の私を褒めすぎるけがあるのだ。

「ええ、とっても気に入っているもの。裾《すそ》が擦りきれるまで着るわ」

スカートの裾をちょこんと持ち上げるとにっこりと微笑んで見せる。お父様はもちろん、お母様とお兄様も顔を綻《ほころ》ばせる。侍女に椅子を引いてもらってそこに座ると、私は周囲を見回した。

六人掛けの比較的小さなこのダイニングテーブルは家族で使うためのプライベート用だ。

壁には私の一歳の誕生日に宮廷画家に描かせたという家族の肖像画が飾られ、天井からはシンプルなシャンデリアが吊《つ》られている。

それは私の中の遠い記憶と一致するように思う。

「──なんです」

「そうか、凄《すご》いじゃないか」

「今日は炎属性の魔法を──」

私が席につくかつかないかのうちに、お父様とお兄様は会話を始める。どうやら、私を待っている間に何かの会話で盛り上がっていたようだ。

「お兄様、なんのお話？」

「学園の、魔法の授業の話だよ」

お兄様はにこりと笑う。

学園とはお兄様が通う国立グレール学園のことだ。

「昨日、魔法の実技の授業があったんだ。そこで、氷属性の魔法をやったんだけど、ブリザードをおこして最後にこんなに大きな氷を出すことに成功したんだ」

お兄様は得意げに両手で三十センチ位のボールを作って見せる。私が十二歳ということは、お兄様はまだ十三歳だ。その歳でブリザードをおこして且つそのサイズの氷塊を作るのは、なかなか優秀だと思う。

「へえ、凄いわね」

「だろ？　でも、クラスで一番魔法が上手《うま》い奴は、もっと凄いんだ。これくらいだったかな？　しかも一瞬で作り上げるんだから桁違《けたちが》いだ。先生も驚いていたよ。ブリザードもあまりの激しさに前が見えない程だった」

今度は両手を広げたお兄様は、一メートル近く手を離した。

「そんなに？」

私は目を丸くする。この歳でそんなことができるなんてすごいと思う。魔術が得意な大人でもなかなかそこまではできないはずだ。きっと、その人は魔術師に向いているのだろう。

「誰だと思う？」

「わからないわ」

お兄様に顔を覗《のぞ》き込まれて、私は首を傾げる。

記憶力は悪い方ではないと思うけれど、残念ながらお兄様のクラスメイト一人ひとりの名前までは覚えていない。だって、ほとんどは会ったこともない人達なのだから。

「エドだよ。エドワール・リヒト・ラブラシュリ。ラブラシュリ公爵家の次男の。前に王宮に遊びにきたときにベルにもちらっと紹介したんだけど、覚えていない？」

その名前を聞いた瞬間、衝撃で時間が止まったような気がした。

エドワール・リヒト・ラブラシュリ。

忘れるわけがない。十八歳だった私を最後まで守った、護衛騎士のエドのフルネームだ。

「…………。よく覚えていないわ」

ポケットにいれた魔法珠を無意識に触れた。コロンとした少しだけ温かい感触が指先に触れる。私は表情を取り繕い、首を振って見せた。

「そっか。まあ、ちょっと挨拶しただけだしな。――エドはね、クラスで一番魔法が上手いんだよ。飛び抜けている」

「ふうん。凄い人なのね」

「本当に、実際に見たらびっくりするよ。――あ、ベルもきっとすぐにできるようになるよ。魔力は強いんだから」

お兄様は神妙な面持ちで話を聞く私を見て、慌てて付け加えるようにそう言った。きっと、私が未《いま》だに簡単な魔法すら使えないことを気にしていると思ったのだろう。

私は曖昧《あいまい》に微笑んだ。

慰めてくれるお兄様には悪いけれど、残念ながら私は死ぬまで魔法を使うことができないということは、わかっている。

そこまで考え、これは少し違うと気づく。

正確に言えば、前の人生では力尽きる直前で魔法を使った。派手にサンルータ王国の宮殿の一部を破壊したのだ。

――でも、遅すぎた。

サンルータ国王に『魔法を使えない王女を寄越《よこ》すなど――』と侮辱されたことを思い出し、ぎゅっと胸元を押さえる。私はまた、あの未来を辿《たど》るのだろうか？

と、そこまで考えてふと思い立つ。

前回は遅すぎたけれど、今はまだ十二歳だ。もしも私の魔力がもっと早く解放されれば、歴史を変えられるのではないだろうか？

でも、できるだろうか？　前回の人生でも、何も努力しなかったわけではない。魔力を解放するために、自分なりに色々と試した。家庭教師もつけたし、練習もした。けれど、できなかったのだ。

だから、前回と同じことをしたのではきっと意味がない。

考え込んでいると、お父様とお兄様の会話が聞こえてきた。

「身近に同じ年頃の秀でた者がいると、よい刺激になるだろう？」

「ええ、そうですね。よきライバルに恵まれて幸せ者です」

笑顔でお兄様が頷《うなず》くのを見て、閃《ひらめ》いた。

身近に同じ年頃の秀でた者がいると、刺激になる？　これだと思った。学園には一学年につき何十人もの学生がいるはずだ。その中には、きっと優秀な人もたくさんいるに違いない。もしかすると、私の魔力解放を促すような刺激を与えてくれる者もいるかもしれない。

「お父様、お願いがあるの」

善は急げ。私はお父様に向き直ると、勢いよく身を乗り出した。お父様は飲んでいたモーニングティーのカップをゆったりとした所作でソーサーに戻すと、不思議そうにこちらを見つめた。

「どうした、ベル。改まって、なんだい？」

「わたくしも学園に通いたいわ。お兄様と同じ、グレール学園よ！」

グレール学園は男女共学で、ナジール国で最高の教育を受けられると評判だ。国内各地から貴族はもちろんのこと、平民でも優秀な子供達がたくさん集まっている。

かつての私は家庭教師をつけるだけで学園には通っていなかった。けれど、学園に通えば何か魔力解放のきっかけが摑《つか》めるかもしれない。

それに、学園に行けば自然な流れでエドに会える。

私が時間を遡《さかのぼ》ったのであれば、あのとき一緒にいたエドも同じである可能性は十分にある。だとすれば、エドも今頃記憶を取り戻して驚いているかもしれない。

エドに会えさえすれば、これからどうすればいいのかを相談できるかもしれない。

「ベルが学園に？」

お父様とお母様、そしてお兄様の三人は揃いも揃って、豆鉄砲をくった鳩のように目を丸くした。

◆ 2. 初登校

制服、というものに初めて袖《そで》を通した私は、少し緊張の面持ちで姿見に見入った。

グレール学園の女子用制服はくるぶしまで隠れる、白い飾り襟の付いた紺色のロング丈ワンピースだ。胸元には制服の生地より明るい水色の大きなリボンが付いている。

「ねえ、エリー。わたくし、おかしくない？」

くるりと体を翻し、今度は後ろを振り返るような格好で丸い鏡に見入る。体を回転させた弾みで、スカートの裾がふわりと揺れた。

「とても可愛らしいですわ。しばらくの間、男子生徒は授業に身が入らないのではと国王陛下が大層心配しておりましたわ」

「あら、どうして？」

不思議に思って私が首を傾げると、エリーはくすくすと楽しそうに笑う。

「アナベル様には秘密ですわ」

「教えてくれないの？」

「アナベル様のそんなところが、わたくしはとても好きですわ」

質問をしたら、なぜか「好きだ」と返されてしまった。それでは質問の答えになっていない。

けれど、そう言われて素直に嬉《うれ》しかったから、私は口をつぐんだ。ちょっぴり口が尖《とが》ってしまったのはご愛嬌《あいきょう》として許してほしい。

お父様にグレール学園に行きたいと直訴して早一カ月。私は、年度途中だけれども、今日から学園に編入学できることになった。

国語、社会、魔法など、グレール学園で学ぶことのほとんどは家庭教師からでも学べることばかりだ。だから、お父様やお母様は、わざわざ学園に行かなくてもいいのでは？　と当初はよい顔をしなかった。

「でも、お兄様は学園に通われているわ」

やんわりと断られた私は、納得がいかずにお父様に詰め寄る。

「シャルは将来の国王だから、交友関係をしっかりと築くのも、一つの義務なのだよ」

お父様は穏やかにそう告げた。交友関係を築くことは王太子であるお兄様の義務。

――では、私は？

聞かなくてもわかった。いつかは他国、もしくは国内の有力貴族の下に政略結婚で嫁ぐ身なのだから、別に無理に交友関係を築く必要はない。お父様はそう考えているのだろう。

以前の私ならば、ここで引き下がった。というより、そもそも「学園に行きたい」とすら言わなかっただろう。

けれど、今回は絶対に引き下がるわけにはいかない。なぜならば、ここで引き下がればまた破滅の道へと駒が進んでしまうからだ。

「あら、わたくしが交友関係を築くのも王女としての義務の一つですわ。ナジール国の王女が非常に広い人脈を持っているともなれば、政略結婚の市場で、価値も高まりましょう」

つんと澄ましてそう言った私を見て、お父様とお母様は顔を見合わせ、お兄様はびっくりしたようにこちらを見つめる。

「なんだか、今日のベルは……いつもと違うね。お姉さんみたいな喋《しゃべ》り方だし、言うこともいつもと違うし」

「そ、そう？」

「うん。そもそも、いつも自分のこと『わたくし』って言っていたっけ？」

「………」

しまったと思った。

十八年生きた前回の人生の方が自分の中で印象が強すぎて、つい口調もそうなってしまった。確かに、この位の年頃のときはまだ『わたし』と言っていた気がする。いつから『わたくし』になったのか、記憶が定かでない。

多分、今くらいの時期だと思うのだけれど。

「……大人っぽくっていいかと思ったのよ。もう十二歳ですもの。お兄様の友人だって、『わたくし』って言うでしょう」

「ふうん？　それはそうなんだけど、なんか……変」

「へ、変!?」

いつも通りにしていたつもりが『変』と言われてしまうなんて！　驚いて唖然《あぜん》とする私を見つめ、お兄様はプッと噴き出した。

「ベル。ひどい顔だ。目がまんまる」

「まあ！　お兄様のせいですわ！」

恥ずかしさから顔を赤くして、むきになって言い返す私の様子に、お兄様はとうとうケラケラと笑いだした。

「ごめん、ごめん。大人っぽいよ」

「もう！　もういいですわ」

この様子は、絶対にそう思っていない。不貞腐《ふてくさ》れてプイッとそっぽを向くと、壁に飾られた家族の肖像画が目に入った。

椅子に座ったお母様が赤ん坊の私を抱き、その肘掛《ひじか》けに小さな男の子――お兄様が寄り掛かっている。そして、お母様の肩を抱くようにお父様が後ろに立っている。

かつて、私の人生にはこんなにも幸せと笑顔が溢《あふ》れていたのだ。

絶対にこの幸せを壊させはしない。

無性に泣きたい気分になり、涙を隠すようにそっと目を閉じた。

◇　◇　◇

トン、トン、トンッと部屋のドアをノックする音にハッとする。

（いけない）

ついつい感傷に浸ってしまった。この姿になってからというもの、ふとした拍子に以前の世界に思いを馳《は》せてしまう。

制服姿を確認していた私はドアの方を振り返った。対応に出たエリーが扉を開けると、その隙間からお兄様が顔を出す。

お兄様は男子生徒用の制服を着ており、黒のセットアップ姿だ。襟元には赤枠の中にデイジーを模した金属製の記章がついており、これはグレール学園の校章だという。枠の色が学年を表しているらしい。

お兄様が歩くのに合わせ、体を覆うように羽織っている学園指定のマントが揺れた。

「ベル、準備はできた？」

「ええ。どうかしら？」

私は制服のスカートをドレスでするようにつまみ上げると、お辞儀をして見せる。そして、体を起こすとクルリと一回転してお兄様を見つめた。

「うん。可愛い！　さすがは私の妹だ」

お兄様はそう言って満面の笑みを浮かべたのに、すぐに何かに気づいたように真顔に戻った。二度、三度、目を瞬《またた》くと、顎《あご》に手を当てて上から下まで視線を走らせる。

「似合っているけど——」

「うん？　どこかおかしい？」

「おかしくはないけど……。うーん、大丈夫かなぁ……」

「お兄様？　はっきり言って」

お兄様はこちらを見つめ、腕を組んで困ったような顔をする。どこもおかしくないように念入りにチェックしたのに、何か変なところがあっただろうか？　リボン？　髪形？　着丈？　ちなみに、話し方はここ二週間ほどで大人っぽくなりすぎないように必死で矯正した。『わたくし』はそのままだけれど。

「これは、しっかりとナイトを付けておかないと危ないな」

「ナイト？　学園の警備兵がいるでしょ？　学園ってそんなに危険なの？」

急激な不安に襲われて眉《まゆ》を寄せると、こちらを見下ろすお兄様はにんまりと口角を上げた。

「うん。獲物を狙う獣がたくさんいるから危ないんだ。ベルなんて格好の獲物だな」

「え⁉」

思わず後退《あとずさ》ってしまい、ぶつかった椅子がガタンと音を立てる。お兄様は顔色をなくした私を試すように見つめた。

「ベル。今からでも遅くないよ。危ないから学園に通うのはやめた方がいいんじゃないか？」

私は呆然《ぼうぜん》とお兄様を見つめた。

学園とは、そんなにも危険が伴う場所なのだろうか？　かつて、のほほんと王宮の一室で家庭教師の授業を受けていた私は、そんなこと、全く知らなかった。

――やっぱり、やめようかしら？

喉元《のどもと》まで出かかった言葉を、私はぐっと押しとどめて口を噤《つぐ》んだ。テーブルに置いてあったコップの水が目に入ったので、それを一気にゴクリと飲み干す。これだけすれば、弱気な言葉ももう出てこまい。

「いいえ。行くわ」

いつになく頑固な私の様子に、お兄様は目を見開く。

アナベルという人間は、これまでの人生で自分の我を押し通したことなどほとんどなかった。

けれど、今は引けないと思った。ここで引けば、目の前の愛する人達の破滅を知りながら、傍観することになってしまう。それは絶対にできない。

「わたくし、学園に行きます！」

私はもう一度、大きな声ではっきりとそう言い切った。お兄様は降参したように軽く両手を挙げる。

「わかった、わかった。ベルの意志は固いみたいだね。では、私はそれを応援するまでだよ」

「ありがとう、お兄様！」

私は嬉《うれ》しくなってお兄様に抱き着く。お兄様は笑顔で私を抱きとめると学園指定のマントを私に着せてくれた。

「お兄様、学園へは馬車で？」

「そうだね。今日は馬車にしようか？」

「今日は？」

首を傾げる私に、お兄様はにこりと笑って片手を差し出す。どうやら、エスコートしてくれるようだ。私はおずおずとそこに自分の手を重ねた。

王宮の車寄せには、お父様とお母様が見送りに来てくれていた。

「シャル。ベルを頼むぞ」

「ベル、お兄様の言うことをよく聞くのよ」

お父様は心配そうに眉を寄せ、お母様はハンカチを握りしめている。

「お任せ下さい。ベルは必ず守り抜きます」

お兄様はバシンと自分の胸を叩《たた》き、力強く頷《うなず》く。

学園に勉強をしに行くだけなのに、少し大袈裟《おおげさ》ではないだろうか。夕方には帰ってくるのに。

苦笑しながらも私は、両親を心配させないように「行って参ります」と元気に挨拶《あいさつ》をしてから馬車に乗り込んだ。

王宮からグレール学園までは、馬車で十五分ほどの距離だ。途中、城下の町並みが見えて、私は窓ガラスの縁に手を置くとぴったりと顔を寄せた。

実は、前の人生の十八年間も含めて、私はほとんど町に出たことがない。王女である私が外に出るには護衛を付ける必要があり、それだけで大事《おおごと》になる。それが迷惑になるかもしれないと思って遠慮してしまい、ずっと行きたいと言い出せなかったのだ。

「お兄様、あそこを見て。あんなに大きなハムがぶら下げられているわ」

「そうだね」

「あら、あそこはパン屋さんかしら？　あんなにたくさん」

「本当だね」

「お兄様――」

肉屋の軒先にぶら下げられている大きなブロックハムも、焼きたての商品を並べるパン屋も、町で切り花を売る花売りも、全てが物珍しい。見るもの見るものが新鮮で、ついついお兄様に声を掛けてしまう。

「ベル。そんなに大はしゃぎしなくても、町は逃げないよ」

お兄様が呆《あき》れたようにくすくすと笑う。

「あら、ごめんなさい」

私は慌てて馬車のソファーにきっちりと座り直す。見た目は十二歳とは言え、中身は十八歳。それなのに、十三歳のお兄様に窘《たしな》められてしまったことに、なんとなく気恥ずかしさを感じる。

「いや。ベルが楽しそうでよかった」と、お兄様はにっこりと微笑んだ。

暫《しば》くすると、馬車がカタンと音を立てて止まった。御者がドアを開けてくれたのでおずおずと地面に足をおろすと、街道の石畳の硬さが靴越しに伝わってくる。

私が馬車から降りた途端、ざわっと辺りがさざめいたように感じたのは、この馬車がナジール国の王室の紋章を掲げているからだろう。

顔を上げれば、大貴族の屋敷のような豪奢《ごうしゃ》な両開きの門があった。門柱の上には門を通る人々を見下ろす幻獣の彫刻がある。黒塗りの鉄柵《てつさく》製の門は高さ三メートル近くあるだろうか。扉は両方とも開放され、学園に通う多くの生徒達が通り抜けていく。

「さあ、ベル。行こうか」

私に続いて馬車を降り立ったお兄様が手を差し出す。私はその手に自分の片手を重ね、周囲を見渡した。

校舎へと向かう生徒のうちの何人かがこちらを振り返り、視線が絡み合った。皆、呆《ほう》けたような顔をしており、私と目が合うと慌てて目を逸《そ》らし、そそくさと校舎の中へ消えて行く。

「お兄様。みんながこちらを見ているわ」

「いつものことだよ。それに、今日はベルがいるからね。滅多に人前に出てこない深窓の姫君を見ようと、興味津々なのだよ。皆、ベルの可憐《かれん》さに驚いているに違いない」

私の手を引き歩き出したお兄様は、楽しそうに笑う。相変わらず、お兄様の兄バカぶりは健在だ。王宮にいたときは何も感じなかったけれど、なんだか見世物小屋の動物になった気分だ。

私は正面に見える建物に目を向けた。

校舎は三階建ての大きな建物で、黄褐色の石造りになっていた。正面から見ると中央に大きな入り口があり、左右対称に建物が広がっている。ここからでは見えないが、奥にも校舎があるのだとお兄様は教えてくれた。壁には等間隔に四角い窓がいくつも並んでおり、既に到着している生徒だろうか、中に人がいるのがカーテン越しに見えた。

「ベルは五回生だから、二階だよ。ほら、あの辺り」

校舎を見上げていると、それに気付いたお兄様が右斜め上の辺りを指さす。その教室にも、既に人がいる気配がした。

「お兄様は？」

「私は六回生だから、同じ校舎の三階。あそこだよ」

お兄様は先ほど指さした場所のさらに斜め上の辺りを指さす。開いた窓越しに、カーテンが少し揺れているのが見えた。

グレール学園には、八歳から十六歳までの紳士淑女の卵達が通っている。十三歳のお兄様は六回生、現在十二歳の私は五回生に編入することになる。

教室の前でお兄様と別れてドアを開けると、予想通り空気がざわっと変わるのを感じた。お兄様が仰《おっしゃ》った通り、私は周囲から『滅多に人前に出てこない、深窓の姫君』という風に思われているらしい。そんな風に思われていたなんて、自分ではちっとも気が付かなかった。

どこに座ればいいのかと戸惑っていると、「ベル」と鈴を転がすような可愛らしい呼び声が聞こえた。そちらに目を向けると、少し茶色がかった金髪を靡《なび》かせて、一人の可愛らしい少女がこちらに走り寄って来た。

「まあ、フィア！」

「ベル、本当に編入してきたのね。びっくりしたけど嬉しいわ」

目の前の少女——名前はオリーフィア・ユーリ・アングラートという——は嬉しそうに顔を綻《ほころ》ばせると、私の手を握ってきた。

オリーフィアはアングラート公爵家の令嬢で、私の従姉妹《いとこ》にあたる。オリーフィアの父が元王子で、私の叔父《おじ》なのだ。まだ爵位を賜って十五年と、ナジール国では最も歴史が浅い公爵家だけれども、同時に最も王家と血が近い公爵家でもある。

だから、前回の人生でもオリーフィアは私のよき友人だった。サンルータ王国に嫁ぐ前も、私を抱きしめて「幸せになってね」と涙ぐんでくれたのを覚えている。

オリーフィアはサンルータ王国からの攻撃があった頃、王都にいたはず。サンルータ王国からの奇襲で、彼女はどうなったのだろうか？　もうそれを知る術《すべ》はないのだけれど、急激に気持ちが落ち込むのを感じる。

「ベル？　どうしたの？」

呼びかけにはっとして意識を浮上させると、オリーフィアが心配そうにこちらを覗《のぞ》き込んでいた。

「わからないことがあったら、わたくしに何でも聞いてね！　お父様に、ベルをしっかりサポートするようにって言われたの」

オリーフィアは、胸を張り、どんと片手をそこに当てた。どうやら、私が新しく入るこのグレール学園に不安を覚えているのだと勘違いしたようだ。優しい心遣いに、胸がほっこりと温かくなる。

「ええ、お願いするわ。フィアがいてくれて、よかった」

笑顔でお礼を言うと、オリーフィアはエメラルドのように美しい緑色の目を細め、少しだけ照れたようにはにかんだ。そして、誰かを探すように辺りを見渡す。

「えーっと、クロードはまだかしら」

「クロードもいるの？」

「そうよ」

オリーフィアはにこっと笑う。

クロードとはオリーフィアの幼なじみで、この時点で私も何回か会ったことがあることを事前に日記を読んで確認済みだ。古くから我が国の外交で重要な役割を担ってきたジュディオン侯爵家の嫡男で、フルネームをクロード・フロラン・ジュディオンという。

他愛もない話をしていると、オリーフィアが不意に何かに気づいたように表情を明るくした。

「クロード！　こっち！」

振り向くと、どこか見覚えのある少年がいた。実りの大地を思わせる黄色の髪に水色の瞳《ひとみ》。下がり気味の目尻《めじり》も相まって、優しい印象を受ける。

彼を見た瞬間、とても懐かしい気持ちが沸き起こった。

クロードに最後に会ったのは、私がダニエルに嫁ぐためにナジール国を去る日だった。当時、既に外務局で働き始めていた彼は、国境線まで私を見送りに来た外交官の一人だった。

クロードはオリーフィアに呼ばれ、きょとんとした顔をした。

「あれ？　アナベル殿下って今日から？」

「今日からだよ！　もう、昨日言ったじゃない！」

「あー、そういえばそうだった」

気の抜けた様子のクロードに、オリーフィアが頬を膨らませる。でも、言い合う二人の姿は傍《はた》から見ると仲良くじゃれ合っているようにしか見えない。

実は、かつての世界でオリーフィアはクロードと婚約していた。私は隣国の王族であるダニエルと婚約していたので、夜会や舞踏会に婚約者と参加するという経験をほとんどしたことがない。だから、いつも一緒に夜会に参加しては仲睦《なかむつ》まじい様子を見せる二人が、内心とても羨《うらや》ましかった。

「アナベル殿下、よろしくお願いします」

「うん、よろしく。同級生なのだから、どうか気軽に『ベル』と呼んでね」

クロードは驚いたように目をみはり、オリーフィアの方をチラリと見やる。無言のアイコンタクトだけでどんな意思の疎通を図ったのかはわからないけれど、どうやらオリーフィアの許可はすぐに下りたようだ。

「わかったよ、ベル」

クロードがこちらを向いてにこりと微笑む。笑うとふにゃりと表情が崩れ、可愛らしい印象を受けた。

登校早々に素敵な友人に恵まれ、とても楽しい学園生活になりそうな予感がした。

◆3. エドとの再会

グレール学園の授業で習う内容は、お父様とお母様が言ったとおり、家庭教師が教えてくれる内容と大差ないものだった。

私は天才でも秀才でもないけれど、前世の記憶があるせいで、それは酷《ひど》く簡単に感じてしまう。

(これで、本当に未来が変わるのかしら?)

初日にしてそんな不安が胸を衝《つ》く。

けれど、私は絶対に変えなければならないのだ。

帰りは一緒に帰ろうと約束していたが、お兄様達六回生は、五回生よりも授業時間が一時間長い。登校初日であるこの日の放課後、その待ち時間を利用してオリーフィアとクロードは学園内を案内してくれた。

体育館、大ホール、図書館……それらはどれも子供だけのために造られたとは思えないほど立派だった。さすがに王宮のものには敵《かな》わないけれど、それでも素晴らしい規模だ。

そして、最後に案内されたのは魔法実験室だった。

魔法実験室とは、その名の通り魔法の実験や研究をするための施設だ。魔法の失敗による巻き込み事故を防止するために、周囲と隔離する特別な防護壁が張り巡らされている。

「施設はどれも、放課後などは好きに利用することができるのよ。貸し切りにすることもできて、その際は利用予約表に名前を記入するの。今日は空いているかしら？」

魔法実験室の入り口の横には、黒い魔法ボードが置かれていた。オリーフィアがそのボードを指先でなぞると、文字盤の文字がふわふわと移動し、今日の日付と利用状況が表示される。

「あー、予約済みだわ。せっかくだから中も見せたかったけど……」

『貸し切り予約済み』と表示されたのを見て、オリーフィアは残念そうに眉尻《まゆじり》を下げる。

と、そのとき、背後から誰かが近づいてくる気配がした。

「どうかしたの？」

ちょうど今声変わりを迎えているような、掠《かす》れた男の子の声。

「あ、なんでもありません」

慌てて振り返ると、黒髪の男の子がいた。体を覆うように身に着けた学校指定マントには、赤枠の記章が付いている。赤ということはお兄様と同じ、六回生だろう。

「あ、エドワール様」

横にいたクロードが一歩前に出る。

(エドワール？　エドワールですって？)

その名を聞いた瞬間、胸の鼓動がはねた。

改めて目の前の少年を見ると、目を隠すほど長く伸びた髪は烏の濡《ぬ》れ羽《ば》色《いろ》、その黒髪の合間から僅《わず》かに見えるのは血のように赤い瞳だった。髪の毛のせいでほとんど見えないけれど、切れ長で涼しげな印象の目元は前世の面影がある。

少しふっくらとした顔つきはまだ幼さを残しているが、そこにいたのは、間違いなく私の護衛騎士を務めた、エドワール・リヒト・ラブラシュリだった。

思わぬ再会にエドを見つめたまま動けずにいる私の横で、クロードは説明を始めた。

「今日からアナベル殿下が学園に通われるから、案内をしていたんです。もしかして、魔法実験室を予約していたのはエドワール様ですか？」

クロードは魔法ボードの『貸し切り予約済み』の文字を指さす。エドは「アナベル殿下が？」と小さく呟《つぶや》くと、こちらを見る。前髪が長いのでほんの少ししか見えないけれど、その赤い瞳は少し驚いたように見開かれて見えた。

しかし、その表情はすぐにすまし顔に変わった。

一方、私はエドから目を逸《そ》らすことができなかった。

少し冷たい印象を与える吊《つ》り気味の切れ長の目に真っ赤な瞳、真っ直ぐに通った鼻筋、男性にしては色白な肌。魔法騎士として活躍していた頃に比べればとても幼いけれど、間違いなくエドだった。

「エド？　エドね？」

やっと会えたという思いで、感激のあまり口を覆う。

後から思い返せば、このときのエドの様子には違和感があった。

けれど、私は時間逆行という摩訶不思議《まかふしぎ》な現象を唯一共有できるはずの人物の登場に、すっかりと舞い上がってしまっていた。

「エド！　わたくし、何もかもがわからなくって。何がどうなっているのかと、本当に驚いたのよ。だって、こんな――」

とにかく、夢中で喋《しゃべ》った。エドは困惑しつつも静かに耳を傾け、時折私に相槌《あいづち》を打つ。

そして、私が話し終えると口許《くちもと》だけで微笑んだ。

「そうですか。それは大変でしたね。今日から通学されたのでは、不安があっても無理もありません。きっと、すぐに慣れます」

「え……？」

私は驚きで目を見開く。

「グレール学園にようこそ、アナベル殿下。ずっと前に、シャルル殿下にご紹介されて一度だけお会いしましたね。覚えていただけていたようで、光栄です。改めて、俺はラブラシュリ公爵家のエドワール・リヒト・ラブラシュリです。困ったことがあれば、なんなりとご相談下さい」

教科書通りの美しい挨拶《あいさつ》。

その一連の所作を見ながら、私は表情を凍り付かせた。なぜって、その様子があまりにも他人行儀だったからだ。まるで、ほとんど関わることがない王女殿下に接するかのように。

「アナベル殿下？」

何も答えない私を不審に思ったのか、エドの声に困惑の色が乗る。なんとか言葉を絞り出そうとしたけれど、それ以上は出てこなかった。

だって、こんなことって……。

「エドワール様がここにいらっしゃるってことは、六回生はもう授業が終わったのね。シャルル殿下はまだ教室かしら？」

私を挟んでクロードと反対側にいたオリーフィアが、エドに尋ねる。

「アナベル殿下を迎えに行くと言っていたから、行き違いになったかもな」

「え？　大変だ」

それを聞いたクロードは慌てた様子だ。王太子であるお兄様に待ちぼうけを食わせるのはさすがにまずいと思ったようだ。焦って呼びに行こうとしていたけれど、それを止めたのはエドだった。

「待て、クロード。アナベル殿下に魔法実験室を見せたかったんだろう？　見ていくといい。シャルル殿下には伝言を出しておくよ」

エドはクロードにそう言うと、胸元から一枚の紙切れを取り出した。それにさらさらと走り書きすると何かをぶつぶつと唱える。

その途端、手元の紙切れは忽然《こつぜん》と消えた。きっと魔法で、お兄様に届けられたのだろう。

「アナベル殿下。中をご覧になって行かれますか？」

こちらを振り向いてドアを片手で指したエドは、相変わらず顔の上半分が髪で隠れているので表情がよく読めない。ただ、私に話しかけるときのエドの口調はクロードやオリーフィアに対するそれとは明らかに異なっていた。二人に対しては気安い関係の後輩、私に対してはあくまでも王女殿下。

私はまだ彼に抱いた疑いについて信じることができず、まじまじとエドを見つめた。

実は、何か事情があって知らないふりをしているのではないかという、淡い期待を胸に秘めて。

エドは私に無言でじっと見つめ返されて居心地が悪いようで、困惑した表情で視線をさ迷わせ、遂《つい》には俯《うつむ》いてしまった。

「ベル、こんなところにいたのか。教室にいないから、どこに行ったのかと心配したよ」

「あ、お兄様」

後ろから声を掛けられ、振り向くとお兄様がいた。エドからの手紙を見てすぐここに駆けつけてくれたようだ。顔を上げたエドはお兄様の登場に、助かったとばかりにホッとしたような表情を見せた。

お兄様の横には、どこかで見覚えのある少年がいた。茶色い髪に、意志が強そうな金の瞳《ひとみ》。背がとても高く、同年代の男子の平均身長のお兄様と頭一個分近く高さが違う。まだ少年なので細さは残っていたが、恵まれた体躯《たいく》に成長するであろうことは容易に想像がつく。

(彼はもしかして――)

記憶を辿《たど》っていると、私達を見比べていたお兄様が口を開く。

「もうエドには会っていたんだね。ちょうどよかった」

エドの肩にお兄様がポンと手を乗せる。

「もう挨拶はした？　彼は、時々食事の場で話に出すエドワール・リヒト・ラブラシュリだよ。ラブラシュリ公爵家の次男だ。以前、紹介したことがあるだろう？」

そして、続けて隣にいる茶髪の少年の肩に手を添えた。

「こっちはドゥル・ブリノ・ヴェリガードだよ。代々騎士として名高いヴェリガード伯爵家の嫡男だ」

「まあ。ヴェリガード家の」

ヴェリガード家は、ナジール国で代々騎士団の主要な地位を占める名門騎士家系だ。

当代のヴェリガード伯爵も我が国の将軍を務めている。

さきほど彼に見覚えがあると感じたとき、すぐに気が付いた。優秀な騎士であったドゥル様は前世でお兄様の近衛騎士を務めていたから、何度も見かけたことがあったのだ。

「二人とも私のよき友人だから、困ったことがあると頼るといい。ベルのナイトだよ」

「わたくしのナイト？」

「そう、私が任命した。この二人の目が行き届かないときは……君は確かジュディオン侯爵家のクロードだね？　よし、きみをベルの三人目のナイトに任命しよう。我々の目が届かないときは妹を守ってくれ。ああ、そうだ。近くにいることを許したからって、くれぐれも変な気は起こすなよ？」

お兄様は笑顔で近くにいたクロードの肩をポンと叩《たた》く。クロードは首振り人形のように首を縦にぶんぶんと振った。

そのとき、目の前に大きな手が差し出された。

「アナベル殿下、よろしく」

「ええ。よろしく、ドウル様」

そこに自分の手を重ねると、ドウル様は騎士流に片足をついて唇を寄せる。それに気が付いたお兄様は、慌てたように止めに入ってきた。

「おい！　ちょっと目を離した隙に何をしている！」

「挨拶ですが？」

「唇を寄せていただろう？」

「ナイトを任命されましたので、騎士流に挨拶したまでです」

「ったく！　お前、意外と侮れないな」

お兄様は悔しそうにドウル様を睨《にら》み据えたが、すぐに気を取り直したように私に向き合った。

「ベル。今日は初めての登校で疲れただろう？　学内の見学もいいけれど、明日以降にしたらどう？」

ドウル様を完全に無視して、お兄様は心配そうに私の顔を覗《のぞ》き込む。私はエドの方をちらりと窺《うかが》う。

長い前髪で目元が隠れているせいで、表情からは何も感情が読み取れなかった。

私はお兄様のアメジストのような紫色の瞳と目を合わせると、力なく微笑んだ。

「ええ、そうするわ。お兄様、ありがとう」

その場にいたクロード、オリーフィア、ドウル様、エドの四人に「ごきげんよう」と別れを告げる。

笑顔で手を振るオリーフィアやクロード、軽く片手を上げたドウル様に対し、エドは軽く会釈を返してくれただけだった。


「初めての学園は、どうだった？」

「楽しかったわ」

「それはよかった。困ったことがあれば、なんでも言うのだよ」

帰りの馬車の中で、ほとんど口をきくことなくぼんやりと外を眺めていた私を見て、お兄様は心配そうに問いかけてきた。

「――ありがとう、お兄様」

目を合わせて微笑むとお兄様は目を瞬《またた》かせ、次いでにっこりと笑った。

「いや、構わない。ベルはあんまり外に出ることがなかったから、無理しないようにね」

「うん。わかっているわ」

お兄様は、王宮にずっと籠《こ》もっていた私が外に出たので疲れているのだと勘違いしているようだ。本当に、妹思いで優しい兄だ。これ以上の心配をさせないように、私は笑顔で頷《うなず》いた。

けれど、私は疲れていたわけではなくて、ショックを受けて考え事をしていただけなのだ。何度も何度も、今日のエドの、私と会ったときの反応を思い返す。

──あれは明らかに、よく知らない王女殿下に会う貴族令息の態度そのものだった。

しかも、今日会った四人の中で一番他人行儀だった。

それに、同じ人のはずなのに雰囲気も随分と違った。かつて私の護衛騎士を務めたエドは凛々《りり》しく、精悍《せいかん》な男性だった。それに対し、今日会ったエドは顔を隠し、どこか陰がある。

そして、なによりも一番気になったのは──。

（もしかして、エドには前世の記憶がないの？）

何度思い返してもそうとしか思えなくて、私は途方に暮れた。

エドに会うことができさえすれば、一緒にこれからのことを考えられると思っていた。

けれど、これでは完全に独りぼっちの闘いだ。

制服のポケットに、片手を入れる。指先にころりとした感触が触れ、私はそれを握りしめた。そっとポケットから手を抜いて開くと、手のひらで光るのは真っ赤な魔法珠だ。

まだたっぷりと魔力を湛《たた》えている。

エドに記憶がないという想定外の事実にめげそうになる。

けれど、あれは夢などではない。現実にあったことなのだ。

この真っ赤な魔法珠が私の手の中にあることが、何よりの証拠だ。

私はもう一度手を握りしめる。

馬車の窓から外を覗くと、通り沿いで小さな子供達が鬼ごっこをして遊んでいるのが見えた。この平和な光景を守るため、私は一人でも闘わなければならない。

(どうか、わたくしを見守っていて)

握りしめた手を額に当て、かつて最期まで私を守ろうと闘ってくれた、忠実な魔法騎士に思いを馳《は》せた。

◇◇◇

学園に通い始めてひと月ほど経ったその日の放課後、私はお兄様を待つ間、魔法実験室で一人魔力放出の練習をしていた。

予約用の魔法掲示板を見ていてわかったが、魔法実験室を貸し切り予約しているのはエドを始めとする特に魔術に秀でた数人の生徒達だった。ほぼ毎日、彼らのうちの誰かしらが借り切っており、更に彼らは皆、高学年だ。

だから、誰が借りていようと、私が放課後すぐに魔法実験室を使用してお兄様の授業が終わるのを待つぶんには、彼らはまだ授業中なので問題にはならないのだ。

魔力を放出させる練習は、どこでやっても問題はない。

けれど、私は前世でサンルータ王国の王宮を派手に破壊した記憶があるので、万が一を考えて魔法実験室で練習することにしていた。

なぜなら、もしもまたあんな風に魔力が急激に膨張して放出されて、グレール学園の校舎を破壊したら大変だからだ。それこそ、生徒が怪我でもしたら一大事になる。

ビーカー、フラスコ、ポーション用の薬草にランプ——。

広い実験室には様々な実験器具が置かれていた。さらにその奥には、魔法陣の実験をするための広い空間が広がっている。三メートル四方ほどに区切られており、その一つひとつが魔法陣を描くための場所なのだろう。

私は実験器具が並んだ机の一つに向かって椅子に座ると手のひらに意識を集中させた。目を閉じて、体の中心にある魔力の流れを感じ取るように。

どれだけそうしていただろう。カタンという音がして私は振り返った。

「ああ。今日もいらしていたのですか」

開いたドアから入ってきたのは、顔の上半分が黒髪で隠れた、男の子。けれど、見えている鼻先から顎《あご》にかけてだけを見ても、見目が整っていることは想像が付く。こちらを向くエドの口許《くちもと》は穏やかに微笑んだ。

「エドワール様？　あっ、もうそんな時間なのね」

壁に掛けられた時計を見ると、お兄様達の授業が終わる時間になっていた。私はさっと椅子から立ち上がる。

「貸し切りにしていたのに勝手に使ってごめんなさい。もっと早く出るつもりだったの」

「いいえ、構いません。……調子はいかがですか？」

丁寧な口調でそう尋ねるエドを、私は見返す。

学園に編入して一ヵ月が経ったのに、エドは相変わらず、私と一定の距離を保って『友人である王太子の妹の王女殿下』として接してくる。ただ、最初よりはだいぶ気安く話しかけてくれるようになった。

あの後、私はそれとなくサンルータ王国の話題を振るなどしてエドの腹の内を探ろうとした。けれど、特に変わった反応はなかった。だから私は、今のエドに私の護衛騎士であったかつてのエドの記憶はないと断定した。

エドの言う『調子』とは、『魔力放出の訓練の調子』のことだろう。以前、エドに魔法実験室で何をしているのかと聞かれたので、魔力を放出させる練習をしていると教えたのだ。

「駄目なのよ。教科書通りに頑張っているのだけど、何がいけないのかしら？」

私は肩を竦《すく》めてみせた。本当に、何がいけないのかさっぱりわからない。

エドは顎に手を当てて、考え込むように顔を少し俯《うつむ》かせる。

「一般的に、魔力の解放は歳を取ればとるほど難しくなると言われています」

「ええ、そうね」

私は、むうっと口を尖《とが》らせる。

魔力の解放は十歳程度までに大半の人が自然にできるようになり、一度できれば二度目は容易《たやす》い。

ただ、最初のそれは歳を取ればとるほど難しくなると言われている。私はまだ十二歳とはいえ、ほとんどの人が十歳までにできるようになっていることを考えると十分遅い。このまま時間が過ぎれば、一生できない可能性がますます高まるのだ。

「自然に魔力の解放ができなかった人間が後に魔力を解放できたきっかけには、いくつかパターンがあります。多いのが、命の危険に晒《さら》されたときの自己防衛」

エドは考えるように、ゆっくりと言葉を紡ぐ。

「あとは、激しい怒り、大きな悲しみ、自分を見失うほどの動揺、叫びだしたくなるほどの喜び――。……つまり、感情が大きく揺さぶられたときです」

「感情が大きく……」

私はじっと考え込む。

確かに、サンルータ王国の牢獄《ろうごく》で魔力を暴走させたとき、私は激しい怒りと悲しみに包まれていた。最後まで私を守ってくれていた、唯一の味方であったエドを失ったのだから。

あれと同じ感情を味わえば、魔力の放出ができるということだろうか？　でも、あれ程の衝撃を日常生活で味わうなんて、どう考えても無理だ。

「ありがとう。いい方法がないか考えてみるわ」

「困った際は、いつでもご相談ください」

エドはそう言って微笑むと、肩に掛けていた鞄《かばん》を近くの机に置いた。ドシン、と大きな音がして、中に重いものが入っていることを窺《うかが》わせた。

「エドワール様はいつもここで何を？」

「魔法の研究ですよ。新しい魔法を作れないかと思って」

「――すごいのね。勉強熱心だわ」

「そうでもありません。かの有名な大魔術師ロングギールが最初の魔法陣を完成させたとき、彼はまだ二十一歳の若者でした」

大魔術師ロングギールとは、今から百年ほど前に実在した大魔術師だ。類《たぐい》まれなる魔術の天才で、その七十年の生涯で数多くの魔術を編み出した。

さらにそれだけではなく、世界最初の魔法陣を作り出した。魔法陣の発明により優れた魔術師でなくても高度の魔法を使用できるようになり、彼は死ぬまで魔法の普及に尽力した。

我がナジール国が魔法に秀でた国であるのも、ロングギールの多くの功績の恩恵が大きい。

その功績が認められ、伯爵家の次男で爵位が継げなかったロングギールは、特に優れた魔術師に与えられる『魔法伯』の爵位を賜った。この魔法伯は侯爵位と伯爵位の中間に位置するほどの高位爵位であり、彼はのちに当時の王の第三王女を娶《めと》ったことでも有名だ。

私の記憶ではロングギール以降、『魔法伯』の爵位を賜った者はいない。

そして、彼には子供がおらず、養子もいなかったので、今現在『魔法伯』を名乗る貴族はナジール国に存在しない。

「エドワール様はまだ十三歳だから、ロングギールに並ぶ功績を上げられる可能性はあるのでは？」

「そうなれるように、努力したいですね」

エドはこちらを一瞥《いちべつ》するとふっと表情を和らげ、鞄から魔術書を取り出す。

分厚くて、見るからに難しそうな専門書だ。著者名に『ロングギール』とあるので、彼の魔術をおさらいしているのかもしれない。

「エドワール様は剣もお強いのに、魔法も得意ですごいわね」

「え？　剣ですか？」

エドの声色が怪訝《けげん》なものへと変わる。

「ええ。エドワール様は魔術もとても優れているけれど、剣の腕前もすごいでしょう？」

「いえ……、俺は剣の腕はそれほどでも」

「そうなの？　なら、これから伸びるわ。楽しみね」

そう言うと、エドは顔にかかった髪の合間から見える赤い目を、不思議そうに瞬《またた》いた。

「どうしてそう思われるのですか？」

「だって、わかるもの」

「わかる？」

「うん、そうよ」

私は意味ありげにふふっと笑う。

かつて私の護衛騎士を務めたエドは『魔法騎士』と呼ばれ、魔術師であると同時に優れた剣の使い手でもあった。

その動きはしなやかで美しく、まるで水面を舞う水鳥のように華麗であると例えられていた。

今世ではまだエドの剣の舞を見たことはない。今は得意でないというなら、これからぐんぐん伸びてゆくはず。

そのとき、私は壁際の時計の針がいつの間にか四時を指しているのに気が付いた。

「もうこんな時間！　行かないと。きっと、お兄様が心配しているわ」

「ああ、本当だ。馬車乗り場までお送りしましょうか？」

「大丈夫よ、ありがとう」

「そうですか。お気をつけて」

エドはまた柔らかく微笑む。

その優しい表情が、前世のエドの姿に重なる。護衛騎士だったエドはいつも穏やかな表情で私の話に耳を傾け、相槌《あいづち》を打っては優しく微笑んだ。

（やっぱりエドと話すと、落ち着くし楽しいわ）

記憶がなくとも、目の前のエドは私を守って闘ってくれたあのエドと同じ人なのだと実感する。

久しぶりにエドとたくさん話し、ついつい時間を忘れてしまった。

私はにこりと笑ってエドに片手を振ると、馬車乗り場へと向かって足を急がせた。

◆ 4．初めての街歩き

最初こそ腫《は》れ物に触るように遠巻きに私を眺めていたクラスメイト達も、私がオリーフィアやクロードと親しげに話しているのを見るうちに徐々に打ち解け始めた。

グレール学園に通い始めて三ヵ月が過ぎた今では、会話も普通にしてくれるし、向こうから気軽に話しかけてくれることも増えてきた。

ただ、男子生徒が近づいてくるとなぜかクロードが毎回のように『用事がある』と私を外に連れ出すので、男の子とはあまり親しくなっていない。大した用事もないところまでがセットなので一度だけどういうつもりなのかと理由を尋ねたら、「僕も自分の命と将来が大切なのです」と大真面目な顔で意味の分からないことを言っていた。

そして、かつての十八年間の記憶を持つ私にとって、授業は何も難しいことはない。

ナジール国一の授業を提供すると有名なグレール学園だけれども、前世の私に付いていた家庭教師もまたナジール国有数の優秀な先生方だったのだ。なので、私はほとんど全ての授業を難なくこなした。

――ただ一つを除いて。

「ああ、もう！　上手《うま》くいかないわ」

苛立《いらだ》ちから思わず口調が荒くなってしまった。淑女にあるまじき行為だと、私は慌てて口を噤《つぐ》む。

それでも、やはり腹立たしいものは腹立たしい。

私は、目の前の空の器を睨《にら》みつけた。

今は魔法の実技の授業中だ。先生は魔法で水を発生させて空の器に張り、かつ、表面に波をおこすようにと言った。

なのに、私の器はいつまで経っても空のままなのだから、苛立ちがつのるのも仕方がない。

（さっきから何回も呪文《じゅもん》を唱えているのに！）

魔法が盛んなナジール国でも、まだ十二歳の時点では魔法の実技もそれほど多くは習わない。けれど、将来魔法をうまく使いこなすための基礎はこの時点で習うのだ。

それは例えば、そよ風を起こすだとか、羽根をほんのちょっぴり浮かせるだとか、小さな波をおこすだとか、その程度のものだ。

そして、それを行うために最も大事な基礎中の基礎。それが、『魔力を自分の意思で放出させる』ということだ。

世界を見渡せば魔力を持たない人はたくさんいるらしいけれど、ナジール国に魔力を持たない人間はほぼ存在しない。故に、グレール学園の五回生も全員が魔力持ちだ。

魔力の強さは親からの遺伝の影響が一番大きく、王族である私は他に類を見ないほど魔力が強いらしい。らしいというのは、測定してもらったらそう言われただけで、私自身はよくわからないからだ。

もう一度意識を集中させる。体の中の魔力を意識して、それを指先に乗せるように……。

(——うーん、駄目だわ。できない)

結局、この授業の時間中に私は雫《しずく》一滴すら発生させることができなかった。

「ベル。落ち込まないで。きっと、次はできるわよ」

落ち込む私を元気づけるように、オリーフィアが励ましてくれる。ちなみに、オリーフィアの器には少しどころか、溢《あふ》れそうなくらいの水が溜《た》まっていた。

ああ、本当に私ったら、なさけない。

かつて、サンルータ王国の牢獄《ろうごく》で体の奥が燃えるように熱くなったあの感覚が魔力の解放なのだろう。それを再現させようと努力しているけれど、どうしてもできない。

無意識に、はあっと息を吐いた。

『魔法を使えない王女を寄越《よこ》すなど——』

サンルータ国王のダニエルが放った言葉が胸に突き刺さる。このままでは、サンルータ王国に嫁がなかったとしても、別の国でまた同じことを言われる可能性だってある。早くなんとかしなければと気ばかりが焦り、空回りする。

すっかりと落ち込んでいると、オリーフィアがおずおずと話しかけてきた。

「ねえ、ベル。明日、一緒に町に行ってみない？　わたくし、髪飾りのリボンを新調しようと思って明日は寄り道する予定なの。ベルが一緒に行ってくれたら、とても嬉《うれ》しいのだけど。たまには気分転換にどうかしら？」

「明日？　町？」

机に肘《ひじ》をついて項垂《うなだ》れていた私は、オリーフィアの誘いにがばっと顔を上げ、目を瞬かせた。

「い、行きたいわ！」

「本当？　嬉しい！　じゃあ、今夜陛下にお伝えしてね」

「ええ」

私は一も二もなく、こくこくと頷《うなず》く。

このグレール学園に通うようになって、車窓から町並みと庶民の暮らしを垣間見《かいまみ》ることは随分と増えた。けれど、未《いま》だに町に遊びに行ったことは一度もないのだ。

町のお店は、王宮に出入りする御用商人と品揃えは違うのだろうか。馬車が通る大通りから一本入るとどんな町並みが広がっているのだろう？　大通りから何店舗か見える『カフェ』にも行ってみたい。

色々と想像が膨らんで、自然と顔が綻《ほころ》ぶ。

魔法が使えずに落ち込んでいた気持ちも、少し上向いた。

◇◇◇

パンを焼くいい匂いも、通りに出て花を売る少女も、笑顔で果物を差し出す男性も、全てが珍しい。翌日、約束通りオリーフィアと町に買い物に出かけた私は、見るもの全てに目を奪われた。

「ねえ、見て。果物があんなにたくさん」

「あれは果物屋さんですよ。果物を売る専門店です」

「ねえ、あの井戸の前ではなにをしているの？　泡だらけよ」

「あれは洗濯屋さんです。洗濯を代行する店ですよ」

「面白いわ」

護衛兼案内役のアングラート公爵家の従者であるオルセーが、私とオリーフィアの質問に笑顔で答えてゆく。

もちろん、私の護衛騎士も付いてきているが、私達が楽しめるように遠巻きに見守ってくれている。

私は言わずもがなで初めての街歩きだけれども、誘ってくれたオリーフィアもまだ数えるほどしか街歩きはしたことがないようだ。だから、私達は見るもの全てが物珍しかった。

井戸の前では大きな盥《たらい》が三つ並べられて、中年の女性が、表面が波状になった板に衣類を擦りつけてじゃぶじゃぶと洗っていた。見たことがないけれど、王宮の洗濯係もあんな風に洗濯をするのだろうか。今度こっそり覗《のぞ》きに行ってみようかと思った。

「可愛いお嬢様、これなんてどうだい？　その綺麗《きれい》な金色の髪によく似合うよ」

のんびりと辺りを見回しながら歩いていると、道端の露天商のおじさんが声を掛けてきた。笑顔で赤いリボンの髪飾りを差し出している。

「まあ、素敵ね」

私は立ち止まった。

グレール学園の制服を着ているおかげで、私達が裕福な家庭の子供か貴族令嬢であることは認識できても、まさか王女がいるだなんて誰も気付きもしない。こんなに次々と声を掛けられることなんてこれまで一度もなかったから、無性に楽しい。

「ねえ、フィア。ちょっと見てもいい？」

「え？　いいけど、ベルはもっとちゃんとしたものをたくさん持っているのではなくて？」

「うん。でも、見てみたいの。可愛いわ」

「本当ね。わたくしも見てみようかしら」

私とオリーフィアは二人並んで商品を眺め始める。

商売上手のおじさんがすかさず目の前に髪飾りを差し出した。私はその髪飾りを手に取ると、しげしげと眺めた。赤いリボンが付けられたピンは近くで見るとあまり高価ではないことが一目瞭然《いちもくりようぜん》だけれど、とても可愛らしいデザインだ。

「街歩きの記念に、ひとつ買おうかしら」

「じゃあ、わたくしもそうしようかしら。お揃いで買えば、一緒にお出かけした記念になるわ」

オリーフィアは私が手にしたものと同じデザインの、黄色いリボンの髪飾りを手に取った。オリーフィアの髪は茶色がかった金髪なので、それを添えるととても可愛らしく見える。

（うん、すごく似合っているわ）

結局、私達はその露店でひとつずつ髪飾りを購入することにした。

あらかじめ用意してもらった硬貨を差し出すと、露天商のおじさんはそれと持っていた硬貨をぶつけて音を鳴らす。きっと、本物であることを確認しているのだろう。そして、その硬貨を二枚とも纏《まと》めて籠《かご》に放り込むと、私達にリボンの髪飾りを差し出した。

「買えたわ」

こんな、お金を払って品物を買うという行為すら、私には前世も含めて初体験なのだ。嬉しくなって、私はその露天商のおじさんに「ありがとう」と告げた。

街歩きをしていると、大通りからはたくさんの小路《こみち》が延びていることに気付いた。

そちらに目を向けると、人通りはまばらだけれど細い通り沿いにもお店の看板がちらほらとかかっているのが見える。一番手前に見える木彫りの看板には靴が彫られているから、靴屋さんだろうか。もしくは、靴の修理屋さんかもしれない。

「ここの通りには、何があるの？」

「細い小路には住宅や、小さなお店があります。ただ、殿下とお嬢様は行ってはなりません」

「行ってはならない？　なぜ？」

オルセーの言葉に、私達は首を傾げる。

「路地裏にはごろつきやならず者が多いのです。もちろん私共がお守りしますが、敢《あ》えて危険に自ら飛び込む必要はありません」

「ふうん」

私はもう一度その細い通りを眺めた。

遠くで自分と同じかもっと小さい年頃の子供が遊んでいるのが見える。あの子達は元々ここに住んでいるから大丈夫ということなのだろうか。興味がないと言えば嘘になるけれど、行くなと言われたのだから行かない方がいいだろう。

「それより」

オルセーが私達の背中を押し、よそに行こうと促す。

「そろそろお腹が空《す》きませんか？　休憩にしましょう」

そう誘われて、私はお腹に手をあてる。確かに、夢中で歩き回っていたからお腹がペコペコだ。

「休憩って、食事が出るお店に入ってもいいってこと？」

「もちろんですよ」

「やったぁ！」

オリーフィアとほぼ同時に歓声を上げる。まさか、おやつまでここで頂けるとは思っていなかったから、とても嬉しい。

私達はちょうど目についた一軒のお店に入った。念願の『カフェ』だ。いつも通学の馬車から見える、赤いひさしが可愛らしいお洒落《しゃれ》なお店だ。

店の奥ではなくて通りがよく見える道沿いの席を用意してもらって、搾りたてのオレンジジュースを頂く。本当は毎朝のように皆が飲んでいるのを見ている『コーヒー』が飲みたかったのだけれど、残念ながらそれはオルセーに止められてしまった。私達には『まだ早い』そうだ。

デザートに頼んだケーキは王宮で食べるものと違ってボソボソしている上に硬かった。フォークで上手《うま》く切ることが難しく、仕方がないのでこっそりと手で摑《つか》んで齧《かじ》り付く。こんなはしたない真似をして大丈夫かとオルセーや自分の護衛騎士達をチラリと見ると、皆見て見ぬふりをしてくれていた。

オリーフィアを窺《うかが》うと、彼女も私と同じことを考えていたのか、お互いに手にケーキを持ったままバッチリと目が合った。見つめ合ったままくすくすと笑い合い、なんだかとても愉快になって最後は声を上げて笑った。

何もかもがとても楽しい。

ケーキは乾燥していて硬かったけれど、ジュースと一緒に頂けばとても美味《おい》しく感じた。

そして、私はふと気付く。

これは、かつての私が牢獄《ろうごく》で一度でもしてみたかったと願った、『楽しいときは大声を出して笑って、町で買い物して、好きなものを大口開けて食べる』ではないだろうか？

──今からでも、きっとできますよ。

仄暗《ほのぐら》い牢獄でそう言って、壁越しに私の手を握ってくれた護衛騎士の姿がまた脳裏に浮かんだ。誰よりも強く、誠実で、最期まで私を支えてくれた優しい人。

ポケットに手を入れるとコロンとした魔法珠が手に触れる。

きっと、今過ごしている私の時間は、彼からの贈り物なのだろう。

（大丈夫。わたくしは、きっと頑張れるわ）

明日からまた魔力解放の練習をしよう。そして、この世界では皆も救って、必ず幸せになってみせる。

私はそう胸に誓うと、ポケットからそっと手を抜く。

（エドともいつか、町を歩いてみたいわ）

エドとは学園の魔法実験室で時折顔を合わせているけれど、それ以外で会うことはない。

いつか彼とも、この楽しい時間を共有してみたいと思った。

◆5．魔法の練習

その日、魔法の授業を終えて教室の移動をしていた私は、けたたましい金属音にふと足を止めた。開放廊下沿いの石造りの高い塀の向こうからしきりにカキン、キンッ、と高い音が聞こえてくるのだ。

「何かしら？」

「ああ。これは多分、剣の訓練よ。休み時間の今やっているってことは、きっと二時間連続なのね」

不思議に思って高い塀を眺めていると、隣を歩くオリーフィアがそう教えてくれた。

ある程度学年が上がると、グレール学園の男子生徒は剣術の授業がある。私達五回生の男子生徒も剣の練習が始まっているようで、最近クロードは手のひらにマメができて痛いとぼやいていた。

グレール学園には良家の子息がたくさん通っているが、その全員が爵位や家業を継げるわけではない。それらを継げない生徒にとって憧《あこが》れともいえる花形職業に政務官と、それに、魔法騎士や近衛《このえ》騎士がある。

だから、学園に通う生徒達の中にも騎士を目指している人達がたくさんいる。それゆえ、皆熱心に練習に取り組むので、剣術の授業はちょっとした見ものなのだとオリーフィアは教えてくれた。

「あっちから授業の様子を見学できるのよ。ちょっと見てみる？」

オリーフィアが廊下から地続きで繋《つな》がった向こう側、高い塀の一部が階段状になった辺りを指さす。そちらに目を向ければ、石垣の塀がその部分だけ低くなっている。あそこが出入り口のようだ。

そして、そこにはたくさんの女子生徒達が立っているのが見えた。きっと、皆訓練の様子を見学しているのだろう。

「凄《すご》い人の数だわ」

「本当ね。きっと、シャルル殿下がいらっしゃるんだわ」

「お兄様が？」

「そうよ」

先を歩くオリーフィアはトンッと階段を上り、笑顔で私を振り返る。

言われてみれば、お兄様は王太子だし、優しい性格だし、とても整った容姿をしていて、多くの女性が憧れる存在なのだ。私にとってはあまりにも身近だし、ちょっぴり抜けているところも知っているから危うく忘れそうになるけれど。

既に見学している女子生徒の人垣に交じって、塀の向こう側を覗《のぞ》く。そこからは訓練場がよく見渡せた。

五十メートル四方ほどの地面の土がむき出しになった広場は、ぐるりを石の塀で囲われており、殺風景だ。唯一空いている隙間は今私が覗いている、入り口も兼ねた階段部分だ。

その何もない広場に、ざっと見て数十人の男子生徒がいる。その男子生徒たちが模擬剣を手に剣術の授業を受けていた。

「わぁ、凄いわ」

王宮には騎士団がいるのでもちろん訓練場はあるし、騎士団の中で最も優秀な騎士を決める剣術大会も毎年行われている。

けれど、私がそれらを見に行くことはないから、こうして剣の訓練を見るのは初めてだ。

剣を習い始めてまだ数年の彼らの素振りや打ち合いなど、王宮にいる騎士団のそれに比べれば子供のお遊びのようなものだろう。けれど、それでも十分に迫力があった。

「あ、お兄様だわ」

周囲と比べてひと際明るく輝く金の髪を見つけ、私は片手を高く上げた。けれど、当のお兄様は余裕がないようで、ちっともこちらに気付かない。

よくよく見ると、お兄様の相手をしているのはドゥル様だった。

二人は同じ年のはずなのにドゥル様の方が一回り近く体が大きいので、お兄様は受けるのがやっとといったところのようだ。きっと、力の差もあるのだろう。これでは、気付いてもらうのは無理そうだ。

ぼんやりと隣のペアに視線を移動させ、その先の人物に気付きドキリと胸が跳ねる。烏の濡《ぬ》れ羽色《ばいろ》の髪は太陽の光を浴びて艶《つや》やかに煌《きら》めいている。鼻梁《びりよう》のすっきりと通った顔立ちは、遠目にも整っていることがわかる。いつもは顔を隠すように前髪が下ろされているけれど、剣の打ち合いでは流石に邪魔なのか、今日は後ろに流されて顔がしっかりと見えた。

（エド……）

実力が拮抗《きっこう》しているのだろうか。

太刀筋を見極めようとする深紅の瞳《ひとみ》は真剣そのもので、真っすぐに相手を見つめている。重い音を鳴らして剣を受けるたびに衝撃で体が揺れ、その黒髪もさらりと揺れた。

前世において、彼は誰よりも優秀な魔法騎士だった。その剣の腕の素晴らしさは、普段ほとんど魔法騎士団と関わりを持たない私ですら耳にすることが多く、確か魔法騎士団の剣術大会でも優勝したとか。

（剣術大会、見物に行けばよかったわ……）

もう二度と見ることができないと思うと、そんな後悔が湧いてくる。

視線の先のエドと相手をしている生徒の剣がぶつかり、ガキンと大きな音が鳴った。

かつて私の護衛騎士をしたエドワール・リヒト・ラブラシュリと今私の視線の先で剣を握るエドは同一人物だけれども、別人だ。この世界のエドはかつての私のことを知らなければ、ましてや私の護衛騎士でもなく、グレール学園の一生徒に過ぎない。

けれど、剣を握って真剣な表情で相手を睨《にら》みつけるその姿はかつての彼の姿を彷彿《ほうふつ》とさせる。

「あ、そろそろ行かないと次の授業が始まるわ」

まだ見学を始めて数分も経っていないけれど、隣で見物していたオリーフィアが時計を確認して呟《つぶや》く。名残惜しいけれど、私はその場を後にして廊下を歩き始めた。

「ねえ、フィア。グレール学園に剣術大会はあるの？」

「あるわよ。六回生から八回生までの三学年の生徒が参加するの。国立騎士団の幹部の方達も視察に来るのよ。卒業後に入団しないかってスカウトされることもあるから、物凄い熱気なのよ」

教室へと向かう道すがら、オリーフィアは目を輝かせながら説明してくれた。

「へえ……」

では、エドはその剣術大会でスカウトされて魔法騎士団に入ったのだろうか。

「次の剣術大会は見てみたいな」

「うん、そうね。お祭りみたいに、すごく盛り上がるわよ。毎年、進級してすぐに開催されるの。次の剣術大会のときは私たちも六回生になっているから、クラスで誰か一人くらいは決勝トーナメントまでいけるかしら？　楽しみね」

オリーフィアは前回の剣術大会を思い出したのか、興奮したように頬を紅潮させる。

「うん、楽しみだわ」

私は口許《くちもと》に笑みを浮かべ、こくりと頷《うなず》いた。

舞うような美しさと評されたエドの剣技。

その姿を、今世ではこの目で見てみたい。


その日の帰り、お兄様はいつにも増して疲れた様子だった。馬車に乗り込むとどさりと座席に座り、ふうっと息を吐く。

「お兄様ったら、随分とお疲れなのね？」

「今日は剣術の授業があったんだよ。相手が強くってさ。いや、私も強いんだよ？　けど、なかなか相手も侮れなくてだな――」

ぼやき始めたお兄様はやけに饒舌《じょうぜつ》だ。負けたと言えばいいだけなのに、この回りくどい言い方。お兄様、さてはなかなかの負けず嫌いだ。

「知っているわ。お兄様、お兄様が打ち合っているところ、見たもの」

「え？　今日？」

「ええ。お兄様に手を振ったのだけど、打ち合いに必死で気付いてもらえなかったわ」

「ええー。もっと大きな声で呼び掛けてくれればよかったのに」

お兄様は残念そうに口を尖《とが》らせる。

「今日は相手が悪かった。なにせ、代々騎士として名高いヴェリガード家の嫡男であるドウルだったからな」

「体格もよいものね」

私はお兄様を慰めるように相槌《あいづち》を打つ。

そういえば、確か前世でエドとドウル様はそれぞれが所属する騎士団で実力一位だったように記憶している。エドは魔法がメインの魔法騎士団、ドウル様は剣がメインの近《この》衛《え》騎士団だった。二つの騎士団は戦い方が全く違うので一概にはどちらが強いか測れないけれど、二人ともとても強かったことは間違いない。

「お兄様。ドウル様とエドワール様は、どちらが強いの？」

それは何気ない質問だった。

前世であんなに実力があると名高い二人だったのだから、子供の頃からよきライバルであったのだろうと思ったのだ。

こちらを見つめるお兄様の表情が怪訝《けげん》なものへと変わる。

「エド？　なんでエドが出てくるんだ？」

「エドワール様は剣も巧みでしょう？」

「エドが剣だって？」

お兄様は意表を突かれたような顔でこちらを見つめ返す。そして、くすくすと笑いだした。

「いや、エドはそこまで剣が得意じゃないよ。エドが抜きんでているのは魔術だ。剣に関してはドゥルが圧勝だ」

「そうなの？」

今度は私が驚く番だった。

確かに、エドは以前魔法実験室でも自分はそれほど剣が強くはないと言っていたけれど、それはただの謙遜《けんそん》だと思っていた。

けれど、本当にそうなのだろうか。

それは私にとって驚きだった。

「エドと言えばさ、これまで剣術の授業なんて面倒だみたいに言っていたくせに、少し前から急に大真面目に取り組み始めたんだよな。あいつ、なんかあったのかな？」

ぶつぶつと呟くお兄様の声が聞こえたけれど、それに答えることはできなかった。

（もしかすると、この世界はわたくしの知るあの世界とはだいぶ違う部分があるのかもしれない）

私が前世と違う行動をとることでその先の未来が変わる可能性を考慮しても、エドの剣術の腕前にまで影響するとは思えない。

(単なる時間逆行だと思っていたけど、そうじゃないの?)

このとき初めて、私の中に小さな疑念が生まれたのだった。

◇　◇　◇

グレール学園では三種類の魔術の授業がある。魔法実技、魔法理論、魔法応用学だ。

魔法実技とはその名の通り、魔法を実際に使う練習をする。

これは私が最も苦手な授業だ。だって、魔力解放できないから魔法が一切使えないのだ。

授業ではいつも先生が教えてくれたとおりに呪文《じゅもん》を唱えているけれど、たんぽぽの綿毛一本すら動かすことができない。

もうひとつの魔法理論とは、この世界における魔術の歴史や、なぜこのような魔術が使えるのかという理論について学ぶものだ。全てが座学の暗記ものであり、いつかエドが言っていた大魔術師ロングギールのことなどもこの授業で学ぶ。

実技が苦手な代わりに、私はこの授業が得意だった。前世で勉強したことも多いから、圧倒的に有利というのもあるけれど。

最後の魔法応用学は、魔術の行使を補助する様々なものや、それを応用した道具について学ぶ。例えば魔法薬のポーションや魔法陣についての講義がこれにあたる。

その日の放課後、私は魔法実験室でこの魔法応用学の授業の復習をしながら、お兄様の授業が終わるのを待っていた。シーンと静まり返った広い部屋で、ひとり教科書を見ながら、見よう見まねで魔法陣を描いてゆく。

今日習ったのは、その陣の中でだけそよ風をおこすことができるという〝送風〟の魔法陣だった。魔法陣の中では、初級にあたるらしい。私は石灰石で出来た白いチョークで三重の円を描くと、丁寧に古代文字の呪文を書き写した。

「よし。できたかしら？」

ようやく出来上がった、一見それっぽく見える魔法陣と教科書の中の魔法陣を見比べる。私が確認した限りでは、その二つは全く同じに見えた。

「うん。大丈夫ね」

私は満足して独りごちる。

ああ、せっかく魔法陣が描き上がったのに試せないのが本当に口惜《くや》しい。

「何をしているのですか？」

「ひゃっ」

後ろから突然声がして、びっくりした私は肩を揺らした。恐る恐る振り返ると、そこにはエドがいた。赤い瞳《ひとみ》は興味深げに私が描いた魔法陣を見つめている。

「エドワール様！　びっくりしたわ」

魔法陣を描くのに集中してしまい、ドアが開いた音に気が付かなかった。私は胸に手を当ててホッと息を吐く。

「魔法陣ですか？」

「ええ。今日、魔法応用学の授業で習ったの。上手《うま》くできているでしょう？」

私は得意げに胸を張り、片手で床を指し示す。

前世ではそもそも魔力解放ができなかったので、そちらをなんとかすることに終始していて、その先の魔法陣のことまでは結局習わなかった。だから魔法陣を一人で描くのは初めてだけれど、なかなか上手くできたと思う。

「えーっと……」

エドが困ったように首を傾げる。そして、申し訳なさそうに口を開いた。

「ここ、間違っていますね」

「嘘！」

「本当です。教科書をよく見て。ほら、ここはくっつかないようにしないと」

エドは私の持っていた教科書の魔法陣を指さし、次に私の描いた魔法陣の該当部分を指さした。

「こんな細かいところ、気が付かなかったわ」

「まあ、そうですよね」

エドは同意するように頷く。

「魔力を込めて確認しなかったのですか？　何も起こらなかったでしょう？」

不思議そうにこちらを見つめる瞳に悪気はないのだと分かり、逆に気持ちが沈むのを感じた。

こういった初歩の魔法陣であれば、少し魔力を込めればうまく描けているかどうかを簡単に判別できる。現に、クラスメイト達は魔法応用学の授業で魔法陣を描くと、それに微量な魔力を込めて上手く発動するかを確認する。けれど――。

「だって……」

思わずむすっとした顔をしてしまう。

「だって？」

エドは首を傾げ、続く言葉を待つように、こちらを見つめる。

「魔力が込められないのだもの！　仕方がないじゃない！」

そう言ってキッと睨《にら》みつけた瞬間に、エドは目を見開いた。『しまった』と言いたげに口元を押さえる。

以前、私が魔力を解放できないことをエドに話していたけれど、あれからもう何ヵ月も経っている。きっと、エドはとっくに私が魔力解放に成功したと思っていたのだろう。まさか未《いま》だに第一歩の部分で躓《つまず》いているなんて、夢にも思っていなかったはずだ。

「……申し訳ありません」

「いいわ。あなたのせいじゃないもの。不甲斐《ふがい》ないわたくしの責任よ。せっかくアドバイスまでくれたのに、ごめんなさい」

気にしないで、と手を振ってみせる。

エドは本当に困ったように眉尻《まゆじり》を下げた。

(ああ、こんなことで謝らせてしまうなんて)

自分の不甲斐なさに呆《あき》れてしまい、私はふうっとため息をつく。

そのときだ。

——ピシャン!

水が跳ねるような音がして、天井から頭に何かが落ちてきた。急に頭の上に重みを感じて、嫌な予感がする。

「……え?」

そーっと手を伸ばすと、湿り気のあるペトペトした感触がして、指先に触れる何かが蠢《うごめ》くのを感じた。

硬直したままエドに目を向けると、彼は何も言わずに私の頭の上に注目していた。私は意を決し、それの正体を確認するためにむんずと摑《つか》んだ。

「ゲロッ」

(……ん? ゲロッ?)

恐る恐る手に握ったものを見て、危うく卒倒しかけた。

「い、い、いやぁぁぁ——‼」

思わず、礼儀作法も忘れて絶叫してそれを放り投げる。

だって、私が手に摑んでいたのは体長十センチほどの立派なヒキガエルだったのだ。魔法薬の作成材料として魔法実験室で飼育されているものだ。

「嫌だ、嫌だ！　捕まえて！」

涙目になりながら叫ぶと、エドは小さな声で呪文を唱えてそのヒキガエルを籠《かご》に閉じ込めた。そして、目に一杯涙を溜《た》めた私をまじまじと見つめる。

「うーん。――駄目ですね」

「は？」

「うちの妹は、これで魔力解放したのですが。驚き方が足りなかったのかな？」

顎《あご》に手を当ててぶつぶつ言いだしたエドを見て、呆気《あっけ》にとられてしまった。

駄目だった？　驚き方が足りない？　つまり、今のはエドがわざとやったってこと？

「エ、エドワール様！　酷《ひど》いわ！」

「すみません。次はもっと驚かせます」

「そうじゃないわ！」

「じゃあ、怖がらせる？」

「!!」

エドは涙目のまま硬直した私を澄まし顔で見下ろしていたけれど、暫《しばら》くすると耐えきれないようにくすくすと笑いだした。

あまりにも楽しそうに笑うものだから、怒る気も失《う》せてしまう。

それに――。

鮮やかな赤色の瞳が、優しく細まる。

――エドはいつも私を王女として扱い一線を引いて接してくるから、こんなに楽しそうに笑う姿を見たのは今世では初めてだった。その笑顔を見たら、胸をキュッと摑まれたような不思議な感覚に襲われ、私は自分の手を胸に当てる。

「お許しください、アナベル殿下」

「許さないわ」

ぷいっとそっぽを向く。無言になったエドの様子を窺《うかが》おうとチラリと横を見上げると、ばっちりと目が合ってしまい慌てて目を逸《そ》らす。

「それは困りました」

エドは眉尻を下げ、途方に暮れたように頰を指で搔《か》く。なんだかその姿を見たら、もう少しだけ我《わ》が儘《まま》を言って困らせてみたいような気分になった。

「では、魔術を教えてくれたら――」

「はい？」

「エドワール様がこれから、わたくしが魔術を使えるように教えてくれたら、許してあげるわ。だって、エドワール様は飛びぬけて魔術に秀でているとお兄様が仰《おっしゃ》っていたもの」

「それでお許しいただけると？」

「ええ、そうよ」

私はつんと澄ましてエドを見つめ返す。

エドはにっと意味ありげな笑みを浮かべた。

「——かしこまりました。けれど、俺は厳しいですよ？　できの悪い弟子は帰れなくなるかもしれない」

「え？」

そんなに厳しくされるのかと驚いてエドを見上げると、目が合った瞬間にエドは肩を揺らしてくくっと笑いだした。

「酷いわ！　またからかったわね？」

「申し訳ありませんでした。アナベル殿下が可愛らしいので」

性懲りもなくそんなことを言うなんて。

(さてはわたくしのことを妹にするのと同じようにあしらっているわね？)

「エドワール様！　そんな風に他人をからかう人には、もう『様』付けしてあげないわ」

「では、『エド』とお呼びください」

エドは楽しげにそう返してくる。どうにもエドが一枚上手《うわて》な気がする。悔しさを感じた私は、どうにかやり返したくて、意地悪を言った。

「師匠と弟子なら、この喋《しゃべ》り方の距離感はおかしいわ。わたくしのことも、殿下付けせずに呼ぶべきじゃない？」

「アナベル殿下。そうは言われましても、王族である殿下と俺の間には一定の礼儀はあるわけです」

その礼儀とやらを一切取り払って、人の頭にヒキガエルを載せたのは誰だったか。帰ったら最初に髪の毛を洗わないとだ。

ジトッと見つめるとエドは私の言いたいことを察したようで、苦笑した。

「……では、これからはアナベル殿下を『姫様』とお呼びするのはどうでしょう？」

その単語を聞いたとき、懐かしい声が聞こえた気がした。

──姫様。

かつての世界で、私の護衛騎士だったエドは私のことをそう呼んだ。初めて出会った日から、最期の別れとなるその瞬間まで。

あの日最後に聞いた、今目の前にいるエドより低く落ち着いた声が記憶に蘇《よみがえ》る。

「お嫌ですか？」

急に黙り込んだ私の顔を、エドが心配そうに覗《のぞ》き込む。

「ううん、嫌じゃないわ。では、わたくしは今後、エドワール様を『エド』と呼ぶわね？」

「姫様のお気に召すままに」

エドは赤い目を細め、にこりと笑った。

◇◇◇

魔法を使うには、魔力を放出させる必要がある。それはいかなる場合も例外はなく、魔力が放出できないことは即ち魔法が使えないことを意味する。

「ああ、今日もやっぱり駄目だわ……」

「そう気を落とさないで下さい。魔法陣を描く技術は格段に伸びましたよ」

「魔法陣って、魔力を込めなきゃ発動しないわよね？」

「まあ、それはそうですね」

「じゃあ、どんなに上手に魔法陣を描いたって、自分では使えないってことじゃない？」

「うーん……」

エドが歯切れ悪そうに苦笑いする。

やっぱり、思った通りだ。上手に魔法陣を描いたって、私は魔力を込めることができないので使うこともできない。

ぷうっと頬を膨らませた私を見て、エドは困ったように眉尻《まゆじり》を下げ、手を伸ばしてきた。

大人しくしていると、そっと頭と髪を撫《な》でられる感触がする。きっとこれは、普段からエドが不機嫌になった妹の機嫌をとるためにやっていることなのだろう。

三ヵ月ほど前に私の魔術の先生役を引き受けたエドは、約束通り週に二回程度、私に魔術を教えてくれている。けれど、私は未《いま》だに魔力解放できずにいる。なので、今も魔法は使えずじまいだ。

けれど、魔法の呪文《じゅもん》を覚えたり魔法陣を描いたりするのに魔法が使えるかどうかは関係がないので、自分では使えもしない魔法の詠唱と、魔法陣を描くことに関してはどんどん上達している。

ちなみに前世でも使えもしない魔法の呪文は完璧《かんぺき》に覚えていた。だからこそ、私は魔力解放した直後から魔法を使うことができたのだ。

「ねえ、エド」

「なんですか、姫様」

顔を上げてエドを見上げると、ゆっくりと頭を撫でていた手が止まる。

「魔力を込めずに使える魔法陣ってないの？」

「魔力を込めずに？　今のところ、聞いたことがありませんね」

「そう」

私はエドから目を逸らすと、頬杖《ほおづえ》をついて自分の描いた魔法陣を見つめた。円形が何個も組み合わさり、複雑な古代文字が描かれている。

完璧に敷かれた陣だけれども、私には使うことができない。魔力をまったく制御できなくても、もしかしたら魔法陣という補助を通じてなんとかならないかと期待したのだけれど、無理なようだ。

「もしも魔力を込めずに使用できる魔法陣があれば、全ての人々に魔法の門戸を開くことになって素敵ね」

我が国ではほとんどの国民が魔力を持っており自在に操れるが、世界を見渡せばそうでない人も多い。もしも魔力を込めずに発動できる魔法陣があれば、あらゆる人々にとってどんなに便利な世の中になるだろう。

「全ての人々に……」

エドは考え込むように腕を組む。

「確かにそういう魔法陣があれば、魔法は魔力がある人間だけが使えるというこれまでの常識が変わるかもしれませんね」

エドはそこまで言うと、こちらを見つめてにこりと笑った。赤い瞳《ひとみ》が細まり、柔らかな印象になる。

「それに――姫様も魔法が使えるようになる」

「うん」

そうなれば、どんなにいいだろう。

私は微笑んで頷《うなず》くと、なんとなくポケットに手を入れた。コロンとした魔法珠に指先が触れる。そのとき、ふと疑問が湧いた。

「ねえ、エド」

「魔力拘束首輪をしていると、魔力は放出できないわよね？」

「はい」

「魔力拘束首輪？」

エドの声が訝《いぶか》しげなものに変わる。私は慌てて自分の口を塞《ふさ》いだ。

魔力拘束首輪は、嵌《は》められた対象者の魔力放出を阻止するための魔導具だ。全ての魔法を使う者達にとって、魔力拘束首輪を嵌められることは人権侵害に値する屈辱的な行為だ。

だから我が国では使用することはおろか、作成自体も厳しく制限されている。今使用されていることがあるとすれば、違法な奴隷商人が魔法使いを奴隷として扱う場合くらいなものだ。

そしてもう一つ有り得るとすれば――、牢獄《ろうごく》の魔法壁や周囲の警備を破るほど強力な魔術を駆使する魔法使いを投獄する場合だ。

確証はないけれど、私は自分の身に起こった不思議な現象はきっと、エドの魔法によるものだと思っている。

だが前世で私と一緒に投獄されていたエドは、首に黒い魔力拘束首輪を嵌められていた。だから、あのときのエドは魔力を放出できなかったはず。

となると、魔力を放出せずに魔法を使う術《すべ》を、あのときのエドは得ていたということだ。

「ごめんなさい、驚いたわよね。たまたま本を読んでいて魔力拘束首輪のことを知ったから聞いてみただけ」

「なるほど。そういうことですか」

エドは納得したように相槌《あいづち》を打つ。

「魔法珠は――」

「魔法珠？」

「魔法珠は魔力の拘束具を付けていても作れるもの？」

「魔法珠とは、体内の魔力を一点に集中させて結晶化させたものです。拘束具を付けていても体内で結晶化させればいいだけなので、作れますね」

「ふうん」

ならば、あのときにエドが魔法珠を作って私に手渡したこと自体は、なんら不思議ではないようだ。

「エドも魔法珠が作れるの？」

「俺ですか？　もちろんです」

エドは片手を上に向けて集中すると、顔つきを変えた。柔らかい表情の彼が普段あまり見せないような真剣な表情に、胸がドキリとした。

「姫様」

エドが片手を差し出す。

「俺の魔法珠ですよ」

エドの顔を見つめていた視線を慌てて彼の手元に落とす。そこには、真っ赤に染まった魔法珠があった。受け取るとコロンとした、触り慣れた感触がした。私が持っているものと、見た目は全く同じものだ。

「綺麗《きれい》ね。エドの瞳と同じ色」

「そうですか？　血みたいで気持ちが悪いでしょう」

エドはそう言って苦笑した。

その言い方になんとなく引っかかりを覚えた。エドは自分の瞳の色が嫌いなのだろうか。

「もしかして、それを気にしていつも髪の毛で目元を隠しているの？」

エドははっとしたように目を見開き、私の質問に答えることなく目を伏せて沈黙した。

その沈黙こそ、質問への肯定と取れる。

確かに、赤い瞳は血の色――忌むべき色だとして嫌がる人が多いのも事実だ。でも、私にはとても美しい色に思えた。

「気持ち悪くないわ。深紅は美しく咲いたバラの色ね。将来これを受け取る方は、大層喜ぶはずだわ」

私はそれを見つめながら口元に笑みを浮かべる。

魔法珠は魔法使いにとって特別なもの。多くの場合は婚姻の際、永遠の愛を誓った相手へと渡される。

赤いバラが意味するところは『愛の告白』だ。

私がかつてのエドからこれを受け取ったときは、残念ながらそういう洒落《しゃれ》た意味はなかった。けれど、もしも違うシーンで、全く違う関係の下でこの魔法珠を受け取る女性は、とても喜ぶと思う。

エドは赤い目を見開き絶句すると、こちらを見返してきた。

「気味悪くないのですか？」

「ちっとも。それに、エドはとても綺麗なのだから、もっと顔を出すべきよ。せっかくラブラシュリ公爵夫人が美しく産んでくださったのに、勿体《もったい》ないわ」

「昔、何度か同じ年頃の子供に『気味が悪い』と言われました。赤い瞳と黒い髪など、悪魔のようだと。シャルル殿下だけは『珍しくて羨《うらや》ましい』と褒めてくれました」

「お兄様らしいわね。きっとその子供達は、有能で見た目も美しいエドに嫉妬《しっと》していたのだわ」

その現場は見ていないけれど、なんとなく想像できる。見目麗しく、魔術も巧みな名門公爵家の息子。きっと悪口を言った子供達は、なんとかしてエドの欠点を探し出したかったのだろう。

私は腕を伸ばすと、指先でエドの長い前髪を横に持ち上げた。

見えたのは、戸惑ったような色を乗せてこちらを見つめる少し切れ長の目と真っ赤な瞳。高い鼻と僅《わず》かに開いた唇は黄金比で配置され、とても整った顔をしている。その赤い瞳には、私の顔が映りこんでいた。

「ほら。エドはとても素敵だわ。だから、自信を持つべきよ」

微笑みかけると、エドの白い肌が一瞬で赤く染まる。言われ慣れていないようで、パッと目を逸《そ》らされてしまった。

私はまだ少し頬に赤みの残るエドに、先ほど手渡された魔法珠を差し出す。エドは自分の手のひらに戻ったそれを暫《しばら》く眺めていたけれど、珠はやがてシュルシュルと消えていった。きっと、体内に戻したのだろう。

「――いつか、大切な唯一の人に受け取ってほしいと思っています」

「エドは意外とロマンチストなのね。きっと受け取ってくれると思うわ」

私はふふっと笑う。

将来有望で見目麗しく紳士的なエドは多くのご令嬢の憧《あこが》れになるだろうし、公爵家次男である彼を婿養子に望む貴族は数え切れないほどいるだろう。前世ではあまり気にしていなかったけれど、あのころも大層女性に人気だったに違いない。

赤い瞳と黒い髪など、たいした問題ではない。

それは社交界に出れば、すぐに証明される。

きっと、エドの魔法珠はこれからエドが愛する唯一の女性――それは、ただの護衛対象であった私ではない誰かに贈られるだろう。

そう考えたら、胸が僅かにチクリと痛むのを感じた。

◆6．十三歳の誕生日

その日の朝、いつものように目覚めると枕もとのサイドテーブルにはとても美しくダリアが飾り付けられていた。

「おはようございます、アナベル様」

「おはよう、エリー。今日は朝からとても綺麗に花を飾り付けたのね」

エリーは私の顔を見ると、意味ありげに笑う。どうしたのだろうと、私は不思議に思った。

「アナベル様はこの花がお好きでしょう？　お誕生日おめでとうございます、アナベル様。十三歳ですわね」

「へ？」

私はきょとんとしてエリーを見返す。

（お誕生日おめでとう？　十三歳？）

頭の中を整理して、驚愕《きょうがく》の事実を思い出す。

そう、何を隠そう、今日は私の十三歳の誕生日だったのだ。時間逆行して年齢の感覚が狂ってしまったこともあり、すっかり忘れていた。

「――ありがとう、うっかりしていたわ」

「あら。忘れないで下さいませ。何よりもおめでたい日でございます」

エリーはにっこりと微笑むと、エプロンのポケットから小さな箱を取り出した。

「これはわたくしからでございます」

「え？　わたくしに？　何かしら？」

私はおずおずと差し出された箱を受け取った。ベッドの上に座ったまま箱を開けると、中から出てきたのは可愛らしいペンケースだ。

水色のペンケースは布製で、白い文鳥が小枝に留まっている様子が丁寧に刺繍《ししゅう》されていた。きっと、エリーが仕事の合間を縫って作ってくれたのだろう。

「アナベル様は学園に通い始めてからというもの、とても楽しそうにしていらっしゃいます。だから、学園で使える物がよいかと思いましたの」

「可愛いわ！　ありがとう、大切にするわ」

「どういたしまして。気に入ってくださったのなら、とても嬉《うれ》しく思いますわ」

エリーはにっこりと微笑む。

前の世界でも、十三歳の誕生日にエリーからプレゼントを貰《もら》っただろうか？　毎年何かしらを貰っていたような気がするけれど、よく覚えていない。少なくとも、ペンケースではなかったと思う。

当たり前だけれど、こんなところでも、今の世界は前の世界とは違うのだと感じられた。

（大丈夫。未来はきっと変えられる）

ペンケースから、そんな勇気を貰えた。

その後の朝食の席では、家族からお祝いを言われた。誕生日プレゼントにと手渡されたのは、銀細工で美しい彫刻が施された手鏡だ。子供が使うようなおもちゃではなく、本物の銀細工のものだった。

「わあ、素敵ね」

箱を開けて見た瞬間、感激でため息が漏れた。十三歳の誕生日らしく少し大人びた贈り物に、私の心は躍る。それはお母様の選択だったようで、嬉しそうにする私を見てお父様とお母様は目を合わせて満足げに微笑んだ。

「ベル、これを」

「何かしら？」

お兄様から両親とは別に包みを貰った。開けてみると、大きなリボンが入っていた。これは少し子供っぽい気がするけれど、それでも誰かが自分のためにプレゼントをしてくれるのは嬉しいものだ。

「ありがとう、お兄様。今日、学園に着けていくわ」

私がそれをハーフアップにした髪に着けるとお兄様は嬉しそうに笑い、両親も顔を綻《ほころ》ばせる。それはとても素敵な誕生日の始まりだった。

「おはよう、ベル！　お誕生日おめでとう！」

学園に着くと、教室のドアを開けた途端に笑顔のオリーフィアが駆け寄ってきた。私は正直面食らった。

王太子であるお兄様の誕生日は毎年国を挙げて盛大にお祝いされるが、王女である私については国を挙げての祝賀行事はない。だから、覚えてくれているとは思っていなかったのだ。

「ありがとう」

「はい、これ。プレゼントよ」

オリーフィアは小さな包みを私に差し出す。ピンク色の巾着袋《きんちゃくぶくろ》で、上部は赤いリボンで結ばれていた。

「何かしら？」

ワクワクしながらリボンを解き、中を覗《のぞ》く。そこには、可愛らしい小物入れが入っていた。黄緑色の小鳥が刺繍糸とビーズで美しく縫われており、私は見覚えのあるそれに目を瞬《またた》かせる。

「これ、もしかして……」

「そう。そのもしかして、よ！　ベルがずっと見ていたから、後日こっそり購入したの！」

「まあ！　ありがとう!!」

私は感激で口を手で覆う。

プレゼントされた小物入れは、先日オリーフィアと街歩きをした際に私が買おうかどうか悩んだものだった。

さんざん悩んだ挙げ句に止めておいたのだけれど、後日やっぱり欲しくなって城の者を使いに出したときはすでに遅く、その商品はなくなっていた。まさか、オリーフィアが買っていたなんて！

「凄《すご》く嬉しいわ。本当にありがとう」

「どういたしまして。喜んでくれてよかった」

オリーフィアはとっておきのサプライズが大成功したことに満足げに笑う。その後、クロードからは外国の伝統工芸だという、紙のように薄い木片に模様を刻印したしおりをプレゼントされた。

その日の放課後、帰ろうと廊下を歩いていた私は背後から「姫様」と呼びかけられて立ち止まった。振り返ると、案の定、そこにはエドがいた。

「もうお帰りですか？」

「ええ。今日は、誕生日祝いをしてもらうから早く帰るの」

「誕生日祝い？」

「ええ、そうよ。お父様とお母様とお兄様がお祝いしてくれるって」

　話しながらも嬉しさが込み上げてきて、自然と笑みが漏れる。前世では誕生日にお祝いされるなど、当たり前のことだと思っていた。けれど、今はそれがどんなにありがたく、幸せなことかよくわかる。

　一方、エドは私の話を聞きながら表情をなくした。

「――姫様、今日が誕生日なのですか？」

「そうよ。これはお兄様からのプレゼントなの」

　私は笑顔で髪の毛に飾ってある、今日貰ったばかりのリボンを指さす。

　エドはそれを見つめながら、口許《くちもと》を押さえた。

「……しまった」

「何が？」

「プレゼントが……」

　しどろもどろになるエドを見て、すぐに何が言いたいかわかった。多分、私の誕生日を知らなくて、プレゼントを用意していないので狼狽《うろた》えているのだろう。

「プレゼントはなくて平気よ。気持ちだけで十分」

「そういうわけには……」

「エドの誕生日はいつなの？」

「ついこの間……一ヵ月前です」

「そのときにわたくしは何もお祝いしていないわ。お祝いの言葉すらかけていない」

どうして教えてくれなかったのかと残念に思う。せめておめでとうの一言を、私もエドに言いたかった。

「俺のは別に構わないんです」

エドはきっぱりとそう言ったけれど、そんなのおかしいと思う。

本当に気にしなくていいのに、エドは未《いま》だに眉《まゆ》を寄せている。そのとき、私はいいことを思いついた。

「じゃあ、誕生日プレゼントに魔法を見せて」

「魔法？」

「うん。エドは学年一、魔法が得意だってお兄様がよく言っているから、何か見せてくれたら嬉しいわ」

「そんなことでいいのですか？」

エドは拍子抜けしたような顔をしたが、すぐに「少々お待ちください」と言って真面目な顔つきになった。

「姫様、好きな花はありますか？」

「花？　ダリアが好きよ」

「かしこまりました」

エドが何かをぶつぶつと呟《つぶや》く。

折り曲げた片腕の手のひらを天に向け暫《しばら》くすると、そこが鈍く光った。

青白く光る手のひらをじっと見つめていると、白い粒子が円を描くように集まり徐々に固まってゆく。そして、輝きが収まったとき、そこにはクリスタルのダリアが載っていた。

「わぁ！」

「物質組成魔法のひとつです」

「凄いわ！」

物質組成魔法とは、術者の周囲にある物質を強制的に組成して別の物質を作り出す極めて高度な魔法だ。小さな花火を打ち上げるとか、それくらいの魔法を見せてくれるのだと思っていた私は、思いの外本格的な魔法に興奮した。

「姫様、どうぞ」

「わたくしに、くれるの？」

「その場しのぎで申し訳ありませんが、よろしければ。姫様、お誕生日おめでとうございます」

エドが今作ったばかりのクリスタルのダリアを差し出す。

両手で受け取ると、それは窓から差し込む光を浴びてキラキラと輝いた。本当に、なんて美しいのだろう。

「その場しのぎだなんて。とても素敵！　どうもありがとう。大切にするわね。エドは本当に凄いわ。次のエドの誕生日には、わたくしがお祝いするわね」

満面の笑みを浮かべてお礼を言うと、エドは僅《わず》かに目を見開く。

褒められて照れたのか、戸惑うように視線をさ迷わせると「どうも」と言った。黒髪から覗く耳が、ほんのりとピンク色に色づいていた。


その日の晩、私はとても幸せな気分で自室に戻った。

皆にお祝いされて、本当に素敵な誕生日だった。

「それは枕もとのサイドテーブルに置いてくれる？　他のプレゼントも、近くに置いてほしいの。お兄様のくれたリボンはここに置いて——。本当にとっても素敵な誕生日だったわ。エリーもありがとう。今日はいい夢が見られそうな気がするの」

「それはようございました」

喜ぶ私を見て、エリーも嬉《うれ》しそうに微笑む。私に見えるようにプレゼントをサイドテーブルに並べ、最後にエドがくれたクリスタルのダリアを飾る。室内灯の光を浴びたそれは、昼間とは違う煌《きら》めきを放って美しく輝いていた。

「おやすみなさいませ、アナベル様」

「おやすみ、エリー」

肩まで布団をしっかりかけると、エリーは『消灯』と呪文《じゅもん》を唱えて魔法の明かりを消す。間もなく、私は深い眠りへと誘《いざな》われたのだった。

夢を見た。

前世で幸せだった頃の夢を。

あれは今から一年後、十四歳の誕生日のことだった……。


――

――


十四歳の誕生日の日、私はいつものように王宮の自室で過ごしていた。部屋で刺繍《ししゅう》の練習をしていると、ドアをノックする音がしてお兄様が顔を出した。

「ベル、少しいいかい？」

「ええ、もちろん」

「もう何回か会ったことがあるから覚えていると思うけれど、私の友人のエドワールだ。今日はベルの誕生日だろう？　だから、彼も是非お祝いしたいと」

「まあ、わざわざありがとうございます」

お兄様は後ろに控えていたエドを紹介する。

エドはお兄様の友人なので私は数回しか会ったことがなかったが、会うといつも私を気に掛けた様子をみせてくれるので、よく覚えていた。艶《つや》やかな黒い髪に鮮やかな赤い瞳《ひとみ》をした、優しいお兄さんだ。

エドは私と目が合うと、にこりと笑って手に持っていた大きな花束を差し出した。

「お誕生日おめでとうございます。姫様」

ピンク色の、とても美しい大輪の花束だ。それは何度か庭園で咲いているのを見たことがある、私の好きな花だった。

「姫様はダリアがお好きだと聞いたので」

花束を差し出されたままきょとんとしてそれを眺めていると、エドは少し困ったようにそう言った。

「ええ。この花は好きだわ」

そう言いながら、おずおずと花束を受け取る。

私は確かにこの花が好きだった。庭園を散歩している最中に見かけると立ち止まって眺めていることが多かったので、侍女を通じて彼も知ったのかもしれない。

(この花は『ダリア』というのね……)

手のひらを広げたほどの大きさの花は、圧倒的な存在感を放っている。

「この花は、高貴で上品でしょう？　圧倒的な存在感で、気高く美しい。わたくしはこの花……ダリアが好きだわ」

「そうですね。お美しい姫様によく似合っています」

エドはそう言うと、また優しく微笑んだ。

「あと、これを」

もう一つ、美しく包装された小箱を差し出される。リボンがかかっているから、私への誕生日プレゼントだろう。

「まあ、何かしら？」

私は傍にいた侍女に花束を手渡すと、それを受け取った。小箱を開けると、中からは小さなポニーの置物が出てきた。

「可愛いわ。ありがとう」

「乗馬道具にしようと思ったのですが、姫様は乗馬をなさらないと聞いたので」

「乗馬はしたことがないわ」

「やってみたいとは思わないですか？」

「うーん。でも、危ないでしょう？」

私が首を傾げると、お兄様が「そうだよ。乗馬なんてしてベルが怪我したら大変だ」と言った。エドは「そうですか」と残念そうに眉尻《まゆじり》を下げる。

私はこちらをじっと見つめているエドを、ふと見返した。

片耳に嵌《は》めているエメラルドグリーンのピアスが目に入り、そういえばいつもこれを着けていらっしゃるなと思う。

「エドワール様のそのピアスは、どなたかからの贈り物なのですか？」

「え？」

「お会いするとき、いつも着けていらっしゃるから」

「……大切な人からもらいました」

「やっぱり！　とてもお似合いです」

予想が当たり、嬉しくなった私は得意げに笑う。

（あら？）

その一瞬、エドの瞳が切なげに揺れたような気がした。

しかし、次の瞬間には元の様子だったので、気のせいだったのかもしれない。

「エドワール様は、あと一年もせずにグレール学園を卒業ですわね。その後は何をなさるの？」

「王宮魔術師か……魔法騎士になりたいと思っています。どちらを目指すかで迷っております……」

「エドは魔法も剣も突出しているからな。どちらでも、間違いなくなれるだろう」

横にいたお兄様が補足した。お兄様がこんなに褒めるなんて、きっとどちらも相当の腕前なのだろう。

「王宮魔術師か魔法騎士。凄《すご》いのね」

王宮魔術師とは王国お抱えの極めて優秀な魔術師集団だ。ナジール国は魔法が盛んな国だけあり、王宮魔術師となれば、世界最高峰の魔法の使い手と言っても過言ではない。

そして、魔法騎士団は騎士の中でも魔術に優れた者達からなる騎士団だ。こちらも剣と魔法が共に優れていることは勿論《もちろん》、人々の範となる人格を備えたごく限られた者のみからなるエリート集団だった。

「どちらになろうと、姫様のことを、この命を懸けてお守りしますよ」

エドは器用に片眉を上げ、片手を胸に当てて誓いのポーズをとる。

「え？　エドが守るのは俺だろう？」

「殿下のこともお守りします」

「いってなんだよ」

「殿下は大丈夫ですよ。ドゥルもいますしね」

「お前な……」

「殿下の剣の腕が騎士にも勝るとお褒めしたのですよ」

「そうか？」

不満げに眉を寄せていたお兄様の表情がパッと明るくなる。明らかにエドの手のひらの上で転がされている。

気安い二人の様子に、思わず噴き出してしまう。普段の二人のやり取りはよく知らないけれど、とても仲がよいことはわかった。

肩を揺らす私を見て、二人は顔を見合わせる。そして、一緒に楽しそうに笑った。

――――――――

目覚めると、外はすっかり明るくなっていた。カーテンの隙間から、明るい光が一筋の線を引いている。

「もう、朝なのね」

とてもよい気分だ。

ぐっと両腕を持ち上げ、伸びをする。そして立ち上がると、カーテンを引き、窓を開けた。朝の爽《さわ》やかな風が、髪を撫《な》でる。

振り返ると、ベッドサイドには昨夜《ゆうべ》並べた誕生日プレゼントが置かれていた。キラキラと輝いているのは、エドがくれたクリスタルのダリアだ。

――やってみたいとは、思わないですか？

先ほどの夢の、エドの語りかけるような落ち着いた声がよみがえる。

「乗馬、やってみようかしら？」

危ないからとかつての人生ではやらなかったけれど、今世では色々なことにチャレンジしてみたい。実は六回生の後期の選択授業には乗馬がある。せっかくだから、そこで選択してみようか。

私はベッドサイドに戻ると、クリスタルのダリアを両手で持ち上げた。

「偶然だけれど、一緒だわ」

かつての世界のエドが十四歳の誕生日にくれたのは生花のダリア、この世界のエドが十三歳の誕生日にくれたのはクリスタルのダリア。

正確に言えば少しずつ違うのだけれど、ちょっとした偶然の重なりに、私は顔を綻《ほころ》ばせた。

◆

7. 魔法珠の加護

何もしなくても、ときは無情に過ぎてゆく。

つまり、何が言いたいかというと、私の魔力が解放されようがされまいが、運命の日は着実に近づいてくるということだ。

グレール学園では六回生になり、この世界に転生して既に一年半近く経とうというのに、私は未《いま》だに魔力を放出できずにいた。

エドにアドバイスされながら色々と試しているけれど、どうしてもできない。最初はまだまだ時間があると楽観視していた私も、一年半近く努力してどうしようもないことから、前回の人生と同様に最期まで魔力解放できない可能性もあり得ることを覚悟し始めていた。

しかし、何もせずに手をこまねいているわけではない。なぜなら、私は必ず未来を変えなければならないと決意をしているのだ。そのために、できることはなんでもしようと思った。

その一つが、周辺諸国の情勢についての知識を蓄えることだ。

この日、私はクラスメイトのクロードから最近の外交について、話を聞いていた。

クロードは、代々我が国の外交の要《かなめ》を担うジュディオン侯爵家の嫡男だ。将来のナジール国の外交を担うという自覚からか、まだ子供であるにもかかわらず、普段から諸外国の情報にアンテナを張り巡らせてよく勉強している。

もちろん、国家機密に関わるような極秘事項はまだ知らないはずだけれど、学校の授業よりも遥《はる》かに詳しく、色々なことを教えてくれた。

「南方国家のニーグレン国だけど、最近、サンルータ王国との国境付近の山脈に住む山岳民族が力を付けているらしいよ。高度な魔術を使う者が現れて、それを盾にして様々な要求を突き付けてきてニーグレン国は手を焼いているんだってさ」

「魔法使い？　ニーグレン国に？」

いつものように楽にお喋《しゃべ》りしながら話を聞いていた私は、クロードが何気なく漏らした思わぬ情報に、眉根《まゆね》を寄せた。

ニーグレン国は、ナジール国の南方に位置する国家だ。

国土はナジール国や隣国サンルータ王国に比べると一回り大きいが、三国の力は拮抗《きっこう》している。なぜ一回り大きいニーグレン国とナジール国の力関係が拮抗しているか。それは、ニーグレン国民の多くは魔法が使えないからだ。

ナジール国は魔法に長《た》けているが、ニーグレン国は違う。サンルータ王国はちょうどその中間ぐらいだろうか。それは恐らく、生まれつきの、人種の違いによるものだろうと考えられている。

「ニーグレン国に高度な魔術を使いこなす民族なんていたかしら？」

「ここ最近、急に現れたようだから、管理されていなかった突然変異の魔法使いじゃないかな？」

「突然変異……」

あまり魔力を持たなかった一族から、時に強力な魔力を持つ子供が生まれる突然変異は、稀《まれ》に見られる。

多くの国ではそういった子供が生まれると、小さなうちに国の管理が行き届くところに呼び寄せて、国益にかなう魔術師となるように養成する。よくあるのは、貴族の養子にして国立の魔術師養成機関に入れることだ。

ニーグレン国やサンルータ王国のように魔法が盛んでない国では、強力な魔術を使える人間が敵になると大きな脅威となる。だから、強い魔力を持つ者の管理は徹底されているのだ。

しかし、広い国土の全ての国民を監視することは難しく、ごく稀に管理下に置かれないまま成長する突然変異の魔法使いがいる。そういった魔法使いが国家に好意的であればいいのだけれど、クロードの話し方だと今話題になっている魔法使いの一族はそうではなさそうだ。

「どんな状況なの？」

「僕が小耳に挟んだ話では、秀でた魔術を持つ子供を出しにして、一族の重用を要求しているとかいないとか。父上に聞いても『お前はまだ知らなくていい』ってそれ以上は詳しく教えてくれないんだ」

クロードは不満げに口を尖《とが》らせた。

「ふうん……。その魔法使いはまだ子供なのね？　何歳くらいなのかしら……」

「さあ？　わからないよ」

突然変異の強力な魔法使いの誕生。

(前世でそんな話、聞いたことがあったかしら？)

記憶を辿《たど》ったけれど、なかったように思う。

でも、それは私が周りから教えられる以外の情報を率先して知ろうとしなかったせいで、前世でもその子はいたのかもしれない。

「ニーグレン国と言えば……」

苦しい思い出を脳裏に蘇《よみがえ》らせて、私は小さく体を震わせた。

キャリーナ・ニークヴィスト。

かつて、サンルータ王国の王宮で私を地べたに這《は》いつくばらせて『いい気味だ』と声高らかに嘲笑《あざわら》ったのは、ニーグレン国の第一王女だった。

ゆるくうねる燃えるような赤い髪に、大きな目はエメラルドのような緑色で、凛《りん》とした雰囲気の整った見目の美女だった。けれど、その美しさに相反するように性格はとても冷たく、残虐だった。

（またあの人に出会ったら……）

そんな想像をするだけで身が震える。

キャリーナは初めて会った日から、私に敵意を顕《あら》わにしていた。

もちろん、キャリーナと出会ったのは私がサンルータ王国の国王――ダニエルの怒りを買って婚約破棄と自室軟禁を申し付けられた後なので、自身の将来の夫となる人の元婚約者であり、のちの敗戦国の王女という立場の私が目の上のこぶのような存在であったことはわかる。

けれど――。

私はもう一度彼女の姿を脳裏に浮かべる。

――彼女の態度はそれだけでは説明がつかないほど憎悪に満ちていた。

なぜ、あそこまで憎まれたのだろうか。牢獄《ろうごく》で何度も考えたけれど、とうとうわからなかった。

けれど、とにかく彼女とは今世では会いたくない。そんな気持ちが自然に湧いてきた。

「ベル？　どうかした？」

急に黙り込んだ私を見て、クロードが心配そうに顔を覗《のぞ》きこんできた。私はハッとして表情を取り繕う。

「ううん、なんでもないの。――ニーグレン国の王女殿下は、どんな方なのかしら？」

「ニーグレン国の王女？　噂によると、とても聡明《そうめい》で美しく、優しい王女殿下だそうだよ。会ってみたいよなぁ」

クロードはまだ見ぬ異国の王女に憧《あこが》れるように、ほうっと息を吐いて宙を見つめる。

「へえ。クロードは南方の王女様みたいな女の人がいいんだ？」

一段低い声が聞こえて横を見れば、同席していたオリーフィアが冷めた目でクロードを見つめている。

クロードはすぐにしまったという顔をして、弁解を始めた。

「いや、王女様を悪く言うわけにはいかないだろ？　僕はどちらかと言うと、華やかすぎる女の人より朴訥《ぼくとつ》な子が好きでね。うん。そうなんだよ」

不機嫌なオリーフィアに必死に弁解しているクロードの姿がなんとも可愛らしく見えて、思わず口許《くちもと》が緩んでしまう。

でも、『朴訥な』というのは、好意を抱くレディに贈る言葉としてどうなのだろう？　誉め言葉とは言えないし、どちらかと言うと朴訥なのはクロードの方だと思う。

オリーフィアは大人しそうに見えるけれど、意外と喋るし、弁が立つ。

けれど、怒ったふりをしてもどことなく嬉《うれ》しそうなオリーフィアにはきちんとクロードの気持ちが伝わっているだろう。本当に、お似合いの二人だ。

「そうだ。キャリーナ殿下は僕達と歳が一つしか変わらないんだ。年齢が近いから、仲よくなれるかもしれないね。なにせ、聡明で美しく、優しいらしいから」

その場の空気を変えようと、クロードが急に私に話を振る。その言葉を聞き、急激に心が凍《い》てつくのを感じた。

聡明？

美しい？

優しいですって？

あの女が？

正直、全く同意できない。

美しいのは確かだけれど、美しさの陰に毒の棘《とげ》を隠した『毒蛾のような女』というのが私の印象だ。

少しむすっとした表情から私の不満を敏感に察知したのか、クロードはますます焦ったように顔を引きつらせた。

「ベルも今頑張っているし、負けないくらい聡明な王女になれるよ！」

すかさずフォローしてきたけれど、全然フォローになっていない。

そもそも私はそんなことを心配しているのではない。あの女が、『優しく聡明な王女』ということになっているのが納得いかないのだ。

困り顔のクロードが、ちらりと壁に掛かっている時計を見る。そして、助かったとばかりに表情を明るくした。

「あっ！　そろそろ時間だよ。殿下を呼びに行こうか」

振り向いて時計を確認すると、確かにお兄様と約束した時間が近い。

「本当だわ」

私が広げていたノートをしまうと、クロードはほっと息を吐いたのだった。

今朝の馬車の中で、お兄様は放課後に剣の練習をするつもりだと言っていたので、見学に行く約束をしていたのだ。

私達は学園内の訓練場に向かうと、お兄様を探した。何人かの生徒が自主練習をしており、全部で十人くらいいる。

お兄様の髪の毛はとても綺麗《きれい》な金色だ。太陽の光を浴びると遠目でもひと際美しく輝いているので、すぐにその姿を見つけられた。すぐ近くには、ドゥル様とエドもいるのが見えた。

「七回生は来年度行われる次の大会が最後になるだろ？　だから、今から気合いを入れて剣の練習をしているみたいだよ」

訓練場を眺めていたクロードが私の耳元に口を寄せる。

「この前大会が終わったばかりの気がするわよ？　まだ一年近くあるのに？」

「毎年のことだよ」

クロードは見慣れた光景だと苦笑した。

グレール学園の生徒にとっての剣術大会は、特別だ。学園生活のよき思い出という点でも特別だけれど、皆が気合いを入れているのには別に理由がある。

学園はナジール国各地から優秀な子供達が集まってきて一流の教育を受けている。そのため、剣術大会では将来の王国騎士団入団のスカウトを兼ねて魔法騎士団や近衛《このえ》騎士団の幹部達が見学に来るのだ。

剣術大会で決勝トーナメントに進出できるのは、六回生から八回生の予選を勝ち抜いたたったの十六人だけ。優勝すれば勿論《もちろん》だが、その決勝トーナメントの十六人に残れるだけでも、かなりのアピールになるらしい。

ちなみに、今年度行われた剣術大会で優勝した八回生は既に王国騎士団への入団が決定しており、近衛騎士になることが有力視されているそうだ。

その他にも、何人かが王国騎士団や魔法騎士団にスカウトされたと聞いている。

「七回生で一番強いのはやっぱりドゥル様らしいけど、最近エドワール様も凄《すご》いらしいよ」

「そうなの？」

「うん、先輩に聞いた。去年までは平均よりちょっと強いかな、くらいだったのに、いつの間にかクラスでも指折りだって。特にここ最近、ぐんぐん伸びているらしいよ。前回の剣術大会も、あと一試合勝てば決勝トーナメントに出られたらしいから、かなり惜しかったって」

「へえ」

初めて聞く話に、私は意外に思ってエドを見つめた。

視線の先にいるエドはこちらに気付いていないようで、剣の打ち合いの練習に集中している。

前世のエドはとても剣術に長《た》けていたけれど、この世界のエドはそこまで剣が得意ではないということはエド本人やお兄様から聞いて知っている。

今年の年度始めに行われた剣術大会でも、エドは決勝トーナメントに出ることができなかった。ただ「駄目でした」とだけ言っていたから、そんなに口惜《くや》しがって一生懸命練習していたなんて知らなかった。

「ところで、クロードは練習しないの？」

私は不思議に思ってクロードにそう聞いた。のんびりと練習風景を眺めているクロードも、剣術大会の参加対象者のはずだ。クロードは右手を軽く振って見せる。

「僕はまだあと二回あるから。そもそも、騎士志望じゃないし」

「ふうん？」

「それに、ベルやフィアの相手もあるしね」

「まあ。わたくしのせい？」

横で聞いていたオリーフィアが納得いかない様子で頰を膨らませる。クロードは両手のひらを天に向け、肩を竦《すく》めて見せた。

どうやら、クロードは頭脳系専門で運動はあまり好きではないようだ。運動神経は悪くないのに、勿体《もったい》ない。

前世ではどうだったかと思い返すが、クロードは外交官だったので、剣の腕については思い出せない。

そのときだった。

――カキーン！

他愛ない会話を楽しみながら見学していると、不意に金属と金属がぶつかり合うひと際大きな音がした。

「危ない！」

「……え？」

誰かの叫ぶ声がして咄嗟《とっさ》にそちらを向く。

訓練場にいる学生達が一斉にこちらを振り向くのがわかった。

視界の端にキラリと光るものが映る。呆然《ぼうぜん》と見上げると、剣の刃先がクルクルと回転しながら太陽の光を浴びて迫ってくるのが見えた。誰かの模擬剣が折れて飛んできたのだ。

「姫様!」

私に気付いたエドが叫び、その深紅の目を大きく見開く。

「ベルッ!」

お兄様も焦ったような様子で私の名を叫んでこちらに手を伸ばすような仕草をする。

私は光るものを眺めながら、体を硬直させて目を見開いた。

勢いよく回転するそれは、まっすぐにこちらへと近づいてくる。

(避《よ》けられないわ!)

逃げなければならないのに、咄嗟のことで体が動かない。

訓練中の学生は防具を身に着けているし、剣術大会などの観覧席を使う際はそのエリア全体に防護魔法が掛けられる。

けれど、今日は生徒達の自主的な練習と私達の勝手な見学なので、そうではない。

練習用の剣の刃は潰《つぶ》してあるとはいえ、あの回転速度と勢いだ。飛んできたものに当たれば、大怪我するのは避けられない。

私は無意識に、きつく目を閉じた。

次の瞬間、耳元でバチーンと何かがぶつかる様な激しい音がして、続いてカランカランと金属が転がる音がする。

「ベル!」

恐る恐る目を開けると、なぜか私は無事だった。真っ青になったお兄様が、こちらに走り寄ってくる。

「大丈夫か？　怪我は⁉」

「大丈夫よ。どこにもぶつかってないわ。……でも、どうして？」

お兄様は心配そうに私の両腕と体を手で確かめるように触れ、どこからも血が出ていないと知ると、ホッと息を吐く。その後ろでは、剣先が折れて飛んでしまった男子生徒と、その相手をしていたドゥル様が真っ青な顔をして立ち尽くしていた。

「――これ、防御魔法ですね」

お兄様と一緒に私の下へと駆け付けたエドが、私と折れた剣の刃先を見比べながら眉《まゆ》を寄せて呟《つぶや》く。

「防御魔法？　そうか、クロードがあの瞬間に防御魔法をかけてくれたんだな？　助かった。ありがとう」

「え？　防御魔法？」

クロードはキョトンとした表情で二人を見返し、次いで自分の両手を眺める。どうやら自覚がないようだ。

「クロード、凄いわ！」

オリーフィアは驚いたように叫ぶ。

クロードは「えっと、僕なのかなぁ？」となんとも要領を得ない様子だ。けれど、防御魔法は術者が危険に晒《さら》されると無意識に発動することが多々あるので、自覚がなくてもさほど不思議はない。

「なんだ。無意識に発動したのか？」

お兄様は半ば呆《あき》れたように呟いたが、「なんにしても助かった」と、もう一度クロードに労《ねぎら》いの言葉を掛けた。

剣先を飛ばした男子生徒とその相手をしていたドゥル様はしきりに謝ってきたけれど、剣が折れてしまったのは想定外だし、勝手に見物していた私達にも非がある。何も怪我もなかったので、責任を問うたりするつもりはない。

「今の……」

先程から黙り込んだまま、折れた剣先を見つめていたエドが、考え込むように呟く。

「なんだエド？　どうかしたのか？」

「ああ、……いえ。なんでもありません」

歯切れの悪い返事をしたエドにお兄様は首を傾げたけれど、すぐに気を取り直したように持っていた模擬剣を鞘《さや》にしまった。

「今日はもう終わりにしよう。怖かっただろう？　ベル、帰ろうか」

「はい」

私は頷《うなず》くと、お兄様に付き添われて馬車乗り場へと向かった。

◇　◇　◇

王宮に戻ると、今日も侍女のエリーが笑顔で出迎えてくれた。

「おかえりなさいませ。今日も楽しかったですか?」

「ええ。——ただ、放課後にお兄様の剣の訓練を見学に行ったら、折れて弾け飛んだ剣先がこちらに飛んできて当たりそうになったの。でも、隣にいたクロードが無意識に防御魔法をかけてくれたから、当たらずに助かったわ」

「まあ、そんなことが? お怪我がなくてよかったですわ」

クローゼットの中を見ていたエリーは、少し眉根を寄せながらもほっと胸を撫で下ろすように息を吐く。エリーの言うとおり、当たらなくて本当によかった。

治癒魔法ですぐに治せるとは言っても、もし命中すれば一時的に大怪我を負うことになるのは変わらないのだ。もしかしたら、傷だって残るかもしれない。

「今回は大事なかったですけれど、気を付けて下さいませ。さあ、お召し替えくださいませ」

「ええ。わかったわ」

シンプルな普段着用ドレスを目の前に差し出されて、私は制服を脱ぎ始める。そのとき、いつものように、常に持ち歩いている魔法珠を制服のポケットから取り出した。

「……え？」

それを見た瞬間、思わず声が漏れる。

「アナベル様？　どうかされましたか？」

「あっ。ううん、なんでもないのよ」

「そうですか？」

慌てて珠をポケットに戻して両手を胸の前で振る私を見つめ、エリーは不思議そうに首を傾げる。しかし、深くは追及せずに私の脱いだ制服を皺《しわ》にならないように片付け始めた。

エリーの注意が逸《そ》れた隙にもう一度魔法珠を取り出して、眺める。

「なんで……？」

私は信じられない思いで、それを見つめた。

手のひらにあるコロンとした魔法珠は、今朝は間違いなく真っ赤だった。それなのに、今は濃いピンク色――つまり、明らかに色が薄くなっていたのだ。

魔法珠の色が薄くなる。

それは、中に込められた魔力が放出されたことを意味していた。

前世のエドがこれを私に託したとき、彼は私を守るために魔法をかけていた。何人《なんぴと》たりとも私を傷つけられないように加護を与えたのだ。

「もしかして、今日の……」

ひとつの可能性に思い当たり、私は呆然とした。

今日の剣が飛んできたときに一瞬で防御壁が張られたのも、この魔法珠のお陰だとすればすんなりと腑《ふ》に落ちる。どうりでクロードは自覚がないわけだ。彼は本当に何も魔法を使っていないのだ。

――エドはこんな形で、今も私を守ってくれているんだ。

そのことを知り、目頭が熱くなるのを感じた。

「ありがとう、エド……」

私はピンク色になったその魔法珠をギュッと握りしめる。

その拳《こぶし》を額に当てて目を閉じると、もう一度「ありがとう」と呟いた。

◇　◇　◇

翌日。私はしきりに教室の壁掛け時計を気にしていた。

学園の授業を受けながらも早く終わってくれないかと、時間ばかりが気になる。あの時計、長針の進みが悪くなる魔法がかかっているのではないかと本気で疑ったほどだ。

ポケットに手を入れるのは、朝から何度目だろう。毎日のように触れるので、いつの間にかこのつるりとした感触がすっかりと手になじんだ。

その丸い魔法珠を握りしめてポケットから手を抜き、そっとてのひらを開く。そこには真っ赤に染まる魔法珠があった。

異変に気付いたのは、朝の準備中だった。私は時間を遡ってから、いつも肌身離さずエドのくれた魔法珠を身に着けている。

今日もいつものように魔法珠をポケットにしまおうとして、私は手を止めた。

「え？ 色が……元に戻っている？」

昨日は明らかにピンク色になっていた魔法珠は、いつの間に戻ったのかいつもと変わらぬ深紅色をしていた。見ていないから推測でしかないけれど、寝ている間に元に戻ったようだ。

魔法珠の色の濃さはそこに込められている魔力の量に比例すると言われている。そして、その魔法珠を作った人が生きてさえいれば、魔力が減っても自然に補充される。逆に言うと、魔法珠を作った人が死んでしまうと魔力は補充されないことを意味する。

出征前に魔法使いが恋人や家族に魔法珠を残す理由は、実はこれが大きい。もちろんそれを持っている相手に加護を与えたいという純粋な思いもあるけれど、魔法珠を持っていれば減った魔力が補充されるかどうかでそれを作った人が無事かどうか、少なくとも生きているかどうかを判別できるのだ。

「なぜ？」

私は呆然《ぼうぜん》とその赤い珠《たま》を見つめた。これを私にくれたエドは死んだはずだ。だから、魔力が補充されるはずはない。それなのに、魔法珠は赤くなった。

混乱しながらも理由を色々と考え、導き出した結論は〝この魔法珠は、この世界を生きるエドから魔力を溜めているのではないか〟ということだった。

前世のエドと今世のエドは、意識の上では全くの別人だ。けれど、同時に同じ人物でもある。ああ、説明がとても難しいのだけれど、とにかく、魔力の質などは同じなので、魔法珠に魔力が移るのではないかと思ったのだ。


最後の授業が終わると、私は挨拶《あいさつ》もそこそこに席を立ちあがると足早に魔法実験室へと向かった。バンッと勢いよくドアを開ける。そこは薄暗くシーンと静まり返っており、拍子抜けした。

よくよく考えれば学年が一つ上のエドは私よりも授業時間が長い。こんなに焦って来ても意味はなかった。

仕方なくその場でエドを待つことにした私は、部屋の中をぷらぷらと歩きながら辺りを見回した。

奥に魔法陣を描くための広い空間、壁際の本棚にはぎっしりと魔術書が詰まっている。作業用机にはポーションなどに使う薬草や干した動物などが瓶に入れられ置いてある。

窓際には、いつかエドが私に悪戯《いたずら》するのに使用したヒキガエルが入ったケースなども陳列されていた。

「あ、これ……」

本棚の前で見覚えのある表紙を見つけ、ふと足を止める。背表紙に『詳解　応用魔法学』と書かれたそれは、ここ最近エドが読んでいるのを何度か見かけた本だ。

手に取ってみると、羊皮紙で出来た表紙には著者名として伝説の大魔術師『ロングギール』の名があった。中をぱらぱらと捲《めく》ると、それは魔法陣について書かれた魔術書のようだった。

それにしても――。

また一枚ページをめくる。

（エドは魔法陣や新しい魔術の開発に興味があるのかしら？）

かつて私の護衛騎士を務めたエドは魔法騎士だったからか、そういったことよりも攻撃魔法や防御魔法に長《た》けているように見えた。けれど、この世界のエドはどちらかと言うと魔術研究に興味があるようだ。

ぼんやりとページを眺めていると、カタン、と背後で音がした。振り返ると開いたドアの向こうにエドがおり、私に気が付くと柔らかく目を細めた。

「姫様、今日も来ていらしたのですね」

「ええ」

私は笑顔で頷《うなず》く。

「魔力を解放する訓練をしなければならないし、エドに聞きたいこともあったの」

「俺に聞きたいこと？　なんでしょう？」

エドは魔法実験室のドアを後ろ手に閉じると、歩み寄ってきて私の前に立ち止まる。

以前私が顔を出した方がいいと伝えてから、エドは前髪を短くした。すっきりとした顔周りになり整った顔立ちと目元がよく見える。エドは赤い瞳《ひとみ》で私を見つめ、少しだけ首を傾げた。

「前に、魔法珠のことを聞いたでしょう？　魔法珠は同時に一つしか存在しないはずだけれど、魔力が極めて似ている場合は他人の作った魔法珠に魔力が補充されることもあるのかしら？」

「他人の魔法珠に魔力を補充？」

エドの眉間《みけん》に僅《わず》かに皺が寄る。きっと、突拍子もないことを言い出したと思われたに違いない。私も突然こんなことを言われたら、きっとそう思う。

私はポケットを探ると、いつも持ち歩いている、かつて私の護衛騎士だったエドから受け取った魔法珠を取り出した。それを、訝《いぶか》しげな表情をするエドに手渡す。

それを受け取ったエドは無言のまま魔法珠を見つめ、沈黙が部屋を包みこんだ。

「それ、エドの魔力の質と似ているでしょう？」

おずおずと、そう尋ねる。

似ているも何も、同じ人が作った魔法珠なのだから魔力の質は完全に同一のはずだ。

エドは返事することなくじっと魔法珠を見つめていたけれど、暫《しばら》くすると魔法珠を持っていない方の手のひらを上にして意識を集中させるような仕草を見せた。すぐに、そこに赤い珠が出現する。

「こちらは姫様が持っていた魔法珠、こちらが俺の魔法珠です」

「ええ」

「俺には同じに見えます」

「……ええ、とても似ているわね」

それはそうだろう。似ているというか、同じだと思う。

エドはまた黙り込み、二つの魔法珠を眺める。

「驚いたな。こんなに魔力の質が似ていることが、あるなんて」

小さな呟《つぶや》きが聞こえた。

「姫様。これは誰に貰《もら》ったのですか？」

不意に顔を上げたエドに見つめられ、私は言葉に詰まった。エドは純粋に興味を持っているようで、燃えるような深紅の瞳がまっすぐにこちらを見つめている。

私は言うべき言葉に迷った。『前世のあなたに貰いました』だなんて、言えるわけがない。

「とても……。とても大切な人に貰ったわ」

どう言うべきかと悩み、出てきたのはそんな言葉だった。前世において、エドは私にとってかけがえのない人だった。決して恋人ではなく、ただの護衛と護衛対象者だ。けれど、サンルータ王国で投獄された私にとって、彼がそばにいてくれたことは何物にも代えがたい心の支えだったのだ。

「大切な人……」

エドは眉《まゆ》を寄せたまま、考え込むように二つの魔法珠を眺める。私はにわかに居心地の悪さを感じ、両手をお尻《しり》の上で組んで自分の指を弄《もてあそ》んだ。

「確かにこの魔法珠に込められた魔力は俺のそれにとても似ています。ただ、他人の魔法珠に魔力の質が似た誰かの魔力が込められるという例は聞いたことがありません。なぜなら、魔法珠はそれを作り出した魔法使いの半身のようなものだからです」

「そう……」

ということは、昨日薄くなったこの魔法珠に新たに補充された魔力は、今のエドのものではないということなのだろうか。でも、前世のエドは死んだはずなのだ。

（もしかして、死んでないの？）

心臓がドクドクと激しく打つのを感じた。

このとき、私は初めてある可能性に行きついた。

あのとき、独房にいた私とエドの間には分厚い石の壁があった。

唯一繋《つな》がっていた空間は汚水を流すための十センチ四方の小さな排水溝の穴だけ。だから、私はエドの手から力が抜けたこととエドの返事がなくなったことで、彼が亡くなったのだと判断した。けれど、よくよく考えればこの目で確認したわけではないのだ。

けれど、やっぱりわからない。

私は時間逆行したのではないのだろうか？　そもそもこの世界は、元々いた世界とは全くの別物なのだろうか？　そうならば、魔法珠を私に託したエドは無事なのだろうか？　私が意識を失った後、サンルータ王国では何がおこったのだろうか？　それに、時空も違う別の世界から魔力を送ることなどできるのだろうか？

わからないことだらけで、頭がこんがらがりそうだ。

「姫様？　お加減が悪いのですか？」

頭を抱えて黙り込んでいると、エドに声を掛けられた。顔を上げると、心配そうにこちらを見つめているエドと目が合った。

本当に心配してくれているようで、彼の形のよい眉は僅かにひそめられている。

「ううんっ、大丈夫」

「しかし……。今日はもう帰りますか？　殿下をお呼びします」

なおも心配そうにこちらを見つめるエド。

かつての世界のエドも、よくこうやって私を心配してくれた。

「大丈夫よ。ありがとう」

今の私に、かつてのあの世界に戻る術《すべ》はない。

——どうせ死ぬならば、全く違う道を選べばよかったわ。楽しいときは大声を出して笑って、悲しいときは涙を流して泣くの。町で買い物して、好きなものを大口開けて食べて、恋に落ちて愛する人と結婚するの。

かつて牢獄《ろうごく》の中で、私はそう願った。そして、この世界はその願いを叶《かな》えてくれると言った彼の贈り物なのだ。時間逆行であろうが、全くの異世界であろうが、それは変わらない。

ならば、私がやるべきことは一つしかないのだ。

エドが差し出した手から魔法珠を一つ、受け取る。元々私が持っていた、あの世界のエドがくれたものを。

「今日も魔法を教えてくれる？」

私は心配をかけないようにすっと顔を上げ、エドに微笑みかける。

この世界では以前のような悲劇を、絶対に起こさせはしない。そして、彼のためにも必ず皆を幸せにしてみせる。

私の強い意志を感じたのか、エドは少し驚いたように目をみはり、すぐに表情を和らげた。

「姫様は頑張り屋さんですね」

「努力に結果が付いてこないけれどね」

「大丈夫ですよ。誰よりも努力されていることは、俺がよく知っています。きっと報われます」

エドは自分の妹にするように、ポンと私の頭に手を乗せて撫《な》でてくる。その途端、ふっと自分の中の緊張の糸が弛《ゆる》んだ気がした。

──大丈夫ですよ。

かつての仄暗《ほのぐら》い牢獄の中でもそうだった。エドの言葉には、私を安心させる不思議な力がある。

「ありがとう」

この世界でも変わらず私を励ましてくれることがとても嬉《うれ》しい。エドはこちらを見つめると、「どういたしまして」と言って、にこりと微笑んだ。

◇◇◇

青空の広がる、爽《さわ》やかな朝。小枝には小鳥がとまり、可愛らしく鳴いている。そんな素敵な一日の始まりに、私は酷《ひど》く慌てていた。

「ああ、どうしましょう、どうしましょう!」

どうしましょう、と言ったところでどうしようもない。時計を見ると、学園の朝会が始まる時間まであと十分しかない。

「今日は少々寝すぎたな」

私は慌てて呑気《のんき》にあくびを噛《か》み殺すお兄様に詰め寄った。

「お兄様！　急いでくださいませ！」

「え？　うん。ベルは慌てた姿も可愛いね」

「うん、ではないでしょう。もうっ！　そんな褒め言葉はいらないんだから、急いで！」

私はお兄様の左腕を引く。

なぜ朝からこんなに焦っているか。それはずばり、学園に遅刻しそうなのだ。

王宮からグレール学園までの馬車で十五分程かかる道のりを、私は毎朝お兄様と一緒に通学している。そろそろ出ないと間に合わないのに、お兄様ときたら未《いま》だに呑気に朝のミルクティーを飲んでいるのだ。

「お兄様！　置いていくわよ？」

「え？　待てって」

お兄様は腰に手を当てて頬を膨らませる。私を見てさすがに慌てた様子だが、動きは相変わらず緩慢《かんまん》だ。この期に及んで朝食のブドウを口に放り込んでいたことを、私は見逃さなかった。

「最近、お昼休みにも剣の訓練を始めたせいで、毎日全身が筋肉痛なんだよ」

「治癒魔法をかければいいじゃない」

「いやいや。この痛みが、頑張った証《あかし》で心地よいのだよ」

お兄様は右腕を摩《さす》って得意げに笑う。

そういうものだろうか。その気持ちはよくわからない。

（今はそんなことよりも、急いでもらえないかしら？　このままでは、私まで遅刻してしまうわ）

お兄様はそんな私の心の声が聞こえたのか、肩を竦《すく》めてようやく立ち上がると、のろのろと歩き出した。

「お兄様？　どちらへ？」

だが馬車乗り場とは反対方向に歩き始めたお兄様を見て、私は慌てて呼び止めた。寄り道している暇はない。

こちらを振り返ったお兄様はニヤリと口の端を上げる。

「まあ、お兄様を信じてついておいで」

意味ありげな表情に戸惑いながらも、その後をついてゆく。案内されたのは、お兄様の私室だった。

「呆《あき》れたわ。また寝る気なの？」

「あのな、ベル。お前はお兄様をなんだと思っている」

なんだと思っているって、お兄様はお兄様だ。この国の王太子で、ついこの間十四歳になったばかりなのにとっても優秀。だけど、時々抜けている。今はきっと、抜けているときだ。

お兄様は大袈裟《おおげさ》に嘆息すると、部屋を真っすぐに突っ切ってクローゼットを開けた。

まさかのこの時間がないときに朝のファッションショーを始めるつもりなのかと呆れ

て眺めていると、お兄様はたくさんのワードローブを掻《か》き分けて空間を作った。奥に見える木の壁に手を翳《かざ》し何かを呟《つぶや》く。その次の瞬間、そこにあったはずの木の壁は忽然《こつぜん》と消えていた。

「え？」

まじまじと先ほど壁があったはずの場所を見つめたが、何もない。

「お兄様のクローゼット、こんなに広いの？　私のものと全然違うわ。ずるい」

思わずそんな言葉が漏れる。

だって、お兄様のクローゼットの奥には広い空間が広がっていたのだ。

私のクローゼットの奥の木の壁も消えるのだろうか。けれど、そうだとしても私は魔法を使えないから消しようがない。

口を尖《とが》らせる私を見つめ、お兄様は苦笑しながらこちらに手を差し出す。その手を取っておずおずと中に入ると、そこは三メートル四方の石造りの空間だった。

そして、目の前の光景を目にして私は息を呑《の》んだ。

「これは……魔法陣ね？」

「そう。転移の魔法陣だ。色々な場所と王宮を繋《つな》いでいる」

「……すごい」

壁と同様の石でできた床には直径二メートルほどの白い円陣が描かれ、周囲には魔法で使用する古代文字がびっしりと書かれている。

「もしかして、わたくしが知らないだけでわたくしの部屋にもあるの？」

「ベルの部屋にはないかな。私と父上と母上の寝室のみだ」

「どうして？」

首を傾げる私を見つめ、お兄様は困ったような顔をする。

「真っ先に敵に命を狙われるから。父上と王太子である私はもちろん、子を宿している可能性がある母上も万が一の際は狙われる」

落ち着いた声で答えるお兄様の言葉に、さっと顔が強張《こわば》るのを感じた。

ナジール国では、王位に就けるのは男性のみだ。だから、戦争になれば敵は王族の男性を狙う。敗戦すれば男の王族はまず助かることはない。王になれる血を持つ者を下手に助命すれば、後々の禍根《かこん》となるからだ。

一方、王妃を除いた女性の王族は助かることが多い。むしろ、殺されることは少ない。なぜなら、勝利した国の王が無理やりにでもその王女を妻にすれば、王座は自動的にその夫に与えられる。それに、子を産ませてそれが男であれば、誰も反論のしようがなく、その子が正当な血筋を持つ次代の王だからだ。

つまり、王女を手に入れれば国をものにできるのだ。

そのとき、ふと疑問が湧いた。

なぜ、既に私との結婚が決まっていたサンルータ国王のダニエルは、私を投獄してニーグレン国の王女を新王妃に据えようとしたのだろうか？

牢《ろう》の中で漏れ聞こえた情報によると、前世において、城にいたはずのお兄様やお父様達はサンルータ王国に攻め込まれ、忽然と姿を晦《くら》ませたという。それなら、私と結婚式さえ挙げれば彼は苦もなくナジール国の王となったことを主張できたのに。

たとえニーグレン国の王女と恋仲であったとしても、私と結婚して数ヵ月我慢してから私を毒殺するなど、方法はいくらでもあったはずだ。

それは、酷くおかしな選択に思えた。

最初からナジール国を手に入れることが目的だった場合は勿論《もちろん》の事、そうでなかったとしても私を妻にすればナジール国との同盟が確かなものになる。サンルータ王国にとって、ナジール国の王女である私を王妃に迎えるメリットは非常に大きいのだ。

それなのに、投獄して殺してしまうなんて……。もしもナジール国の国民がこのことを知ればその後の統制も難しくなる。

考え込んでいると、目の前に片手が差し出された。顔を上げると、お兄様が「行こう」と笑いかけてくる。おずおずと足を踏み入れて一緒に円陣の上に立つと、お兄様が転移の呪文《じゅもん》を唱えた。

『開通空門』

視界が眩《くるめ》くばかりに輝き、周囲がぐにゃりと歪《ゆが》むのを感じて咄嗟《とっさ》に目をきつく閉じる。

ふわりと体が浮くような感覚がして、次の瞬間には足の裏に硬い感触がした。

「よし、着いたよ。今は……──始業五分前。ギリギリだ」

得意げなお兄様の声がして恐る恐る目を開けると、そこは見慣れたグレール学園の魔法実験室だった。薬草の独特の臭い、乱雑に置かれたビーカー類、本棚に押し込まれた古い魔術書……週に何度も訪れては魔力解放の練習をしているので見間違うはずはない。

「え？　凄《すご》い！」

思わず驚きの声を上げた。

転移魔法は数ある魔術の中でも最も高難易度とされており、使える魔術師はほとんどいない。それをさほど魔術を使えない人間にも使用できるようにしたものが、転移魔法の魔法陣だ。

ただ、術式は非常に複雑で、そこかしこにあるものでもない。私は王族でありながら、これまで一度も使ったことがなかった。

「こんな便利なものがあるのに、なぜいつも馬車を使っているの？」

「普段使いしてしまうと、転移の魔法陣が王宮の中にあると知らしめるようなものだろう？　私が非常時と判断したときだけだ。馬車はあとでこっそり来るから大丈夫」

確かに、毎日馬車がないのに忽然と学園に現れては不審に思われる。でも、それを言うなら――。

「非常時？　ただの遅刻よ？」

「十分に非常時だよ」

お兄様はハハッと笑うと、廊下へと繋がるドアを開ける。随分とゆるい非常時の判断基準だ。

ちょうど廊下を通りかかったクラスメイトがこちらに気づき、「ごきげんよう」と声をかけられた。私も「ごきげんよう」と挨拶《あいさつ》を返す。

誰も私達がここにいることに疑問を持っていなそうだ。

（これ、すごいわ）

胸の内で感嘆の声を漏らすと共に、かつて牢の中で漏れ聞いた、お父様とお兄様達が忽然と城から姿を晦ませたという話を思い出す。

（もしかして、この魔法陣を使って逃げたのではないかしら？）

教室へと向かって歩きながら、ふとそんなことを思った。

◆ 8. 剣術大会

ときが経つのは早いもので、六回生もあと少しで終わろうとしている。

ここ最近、学園内の生徒達はいつになくそわそわとしていた。

「ライラ様はユーグリット様にお誘いされたらしいわ」

「まあ！　じゃあやっぱり婚約するって噂は本当なのかしら？」

「それより、セリア様が――」

そこかしこでそんな会話が聞こえてくるようになり、私は辺りを見回した。女子生徒達が集まって、コソコソと何かの噂話をしているのだ。

「ねえ、フィア。どうしてみんな、最近噂話で盛り上がっているの？」

「ああ、それは——」

オリーフィアは教室の端に数人で集まる女子生徒の方を見やる。ちょうどそのタイミングで内緒話をするように時々顔を寄せ合っていた数人の女子生徒は、大袈裟に驚いたような表情を見せた。一体、どうしたのだろう？

「もうすぐ舞踏会だからよ。さっきの反応は、誰かが上級生からパートナー役に誘われたのだと思うわ」

「舞踏会？」

「そうよ。舞踏会はね、グレール学園で剣術大会と一、二を争う一大イベントなのよ！」

オリーフィアは力説するようにぐっと拳《こぶし》を握りしめた。

グレール学園の舞踏会は社交界に入る予備練習として年に一回、卒業式の直前に開催されるもので、七回生と八回生が参加対象となっている。学園長の名で実際に招待状が届くので、生徒達は事前にエスコート相手を決めて、本物の舞踏会のように参加するそうだ。

「来年は私達にも招待状が来るわね！　楽しみだわ。ねえ、ベル？」

オリーフィアは胸の前で両手を組み、夢見るように宙を見上げる。

社交界デビューは大人の証《あかし》。けれど、私達はまだ参加することができず、実質的には学園のこれが初めての舞踏会になる。きっとオリーフィアは煌《きら》びやかな世界を疑似的に体験できるこのイベントに、憧《あこが》れているのだろう。

「どんなドレスを着ていこうかしら——」

うっとりとした様子でオリーフィアが呟《つぶや》くのとほぼ同時に、背後でバサバサッと教科書を落とす音がした。振り返ると、クロードが呆然《ぼうぜん》とした様子でこちらを見つめている。

「フィ、フィア。学園の舞踏会に誰かに誘われたの？」

私とオリーフィアは顔を見合わせる。

「誘われていないわ。もし行くことになったら、どんなドレスを着ていこうかしらって話をしていたの」

「あ、なるほど」

クロードはわかりやすく安堵《あんど》の表情を浮かべる。

「フィアは舞踏会、行きたいんだ？」

「そりゃあ、そうよ。みんな華やかに着飾って、それは素晴らしいって聞いたわ」

「ふうん……。ベルも？」

「わたくしは、あまり」

私は首を横に振って見せる。オリーフィアは「えー！　本当に？」と驚いた声を上げていたけれど、社交パーティーには正直あまり興味がない。前世で嫌というほど参加していたせいもあると思うけれど。

「でも、今年はシャルル殿下も招待されているはずだから、ベルはパートナー役に指名されるんじゃない？」

「そうかな？」

「わからないけど、たぶん……」

オリーフィアによると学園の舞踏会は七回生と八回生の全員に招待状が届くが、七回生は希望者のみ参加、八回生は原則全員参加となっているらしい。

「それならたぶん、お兄様は参加しないと思うわ。だって、その舞踏会は卒業式の直前に開催なのでしょう？　ならあと一ヵ月しかないわ。絶対にもう招待状が届いているはずだけれど、何も聞いていないもの」

「え、そうなの？」

「うん。だから、お兄様は不参加だと思うの。多分だけど……」

私は濁すように曖昧《あいまい》に答える。

けれど、この答えにはある程度の確信を持っていた。

お兄様は王太子であり、将来結婚する相手は自動的に王太子妃、ひいては王妃になる。だから、お兄様がエスコートしたご令嬢はそれがグレール学園の中の舞踏会であったとしても、将来のお妃候補なのではと邪推《まが》されて注目を浴びることは避けられないだろう。場合によっては、裏で陰湿な工作紛《まが》いのことがなされる可能性もある。そのため、任意参加の今年は余計な火種を撒《ま》かないようにとおそらく欠席するはずだ。

けれど、八回生は原則として参加が必須《ひっす》だという。ということは、来年は必ずエスコートする相手の女性がいるはずだ。現在のところ正式な婚約者がいないお兄様が最後に私をエスコート相手に選ぶことは、確かに大いにあり得る。というか、その一択しかない気がする。

「八回生になったら必須なら、来年はお兄様と参加すると思うわ」

「ベル。もっと憧れはないの？　進級したら早々に剣術大会だから、その結果も気になるでしょ？」

オリーフィアは呆《あき》れたように息を吐く。私は話が見えず、首を傾げた。

「なぜ、ダンスパーティーの話から急に剣術大会の結果に話が飛ぶの？」

「まあ、ベル！　だって――」

オリーフィアが言うには、剣術大会で上位に入った男子生徒は、この舞踏会のエスコート役としてとても人気になるのだとか。エスコートされることを望む女子生徒が多いのはもちろん、誰をダンスに誘うのかと皆が注目するそうだ。

「ふうん、そうなの」

私は気の抜けた返事をする。やっぱり自分には関係のないことのような気がした。

その日の放課後、オリーフィアに誘われて訓練場に向かうと、お兄様は友人達と剣術の練習をしていた。

剣術大会は進級して一ヵ月半ほどした頃に開催される。つまり、今七回生のお兄様達は次の剣術大会の頃には学年が上がって八回生になるので、学園生活で最後の参加になる。

それに、騎士を目指す八回生の生徒からすれば今度の剣術大会は絶好の自己アピールの場だ。

三ヵ月後の剣術大会を目標に、たくさんの生徒達が練習に励んでいた。

お兄様は訓練場の端から覗《のぞ》く私の姿に気が付くと、剣を置いて慌てた様子で走り寄ってくる。

「ベル、私はもう少し練習して行くから先に帰っているかい？　もしそうするなら、私は別の方法で帰るから馬車を使ってしまって平気だよ」

お兄様は私を見つめてそう尋ねてきた。額には汗が光り、金色の髪の毛はしっとりと濡《ぬ》れている。

「大丈夫よ。待っているわ」

「そう？　じゃあ、あと一時間くらいだけ」

「見学しているから、そんなに急がなくても平気よ？」

「わかった。でも、見学中、危ないからここから出ては駄目だよ」

そう言いながら、お兄様は私達を包み込むように防御壁を作り出す。以前、折れて弾《はじ》け飛んだ模擬剣が私に当たりそうになった事件があって以来、お兄様は私が剣術の見学に来ると安全管理に厳しいのだ。

友人達の下へと戻りつつもこちらを気にするように振り返るお兄様を見て、苦笑する。お兄様は私を待たせていることを気にしているようだけれど、剣術訓練の見学は意外と面白いのだ。本人達に自覚があるかはわからないけれど、初めて見学した頃に比べると動きが全く違う。

「シャルル殿下、とてもお強くなられたわね。それにエドワール様も。ドウル様は相変わらず圧倒的ね」

隣で見学していたオリーフィアも同じことを思ったようだ。

「ええ、そうね」

私はお兄様達の方を眺めつつ、頷《うなず》いた。

初めて見たときはまだぎこちなかった剣の動きは、この一年半で見違えるほど鮮やかになった。相変わらず騎士家系のヴェリガード家出身であるドウル様が圧倒的に強いが、お兄様やエドも随分と強くなったように見える。特に――。

――カキン！

高い金属音が鳴り、剣が地面に落ちる。エドの相手をしていた生徒が、悔しそうに表情を歪《ゆが》めるのが見えた。

「見て！　エドワール様がすごいわ！」

オリーフィアが興奮したように歓声を上げる。

この世界で再会した直後は剣などあまりやらない様子だったエドは、この一年半でどんどんその技術を上達させた。今や、学年で五本の指に入るほどだとお兄様から聞いた。その上魔法の技術も素晴らしいのだから、やはりエドは魔法騎士に向いている。

◇　◇　◇

その翌日のこと。

私は放課後、魔法実験室で触媒作りの練習をしていた。広い実験室では、材料をすり鉢で粉々に砕く音だけが聞こえる。鉢に溜《た》まった粉状のものを指先で触れ、粒子の粗さを確認していると、背後の入り口の扉が開く気配がした。

「姫様、調子はどうですか？」

振り返ると、エドが穏やかな笑みを浮かべてこちらを見つめていた。

「エド！　剣の練習はいいの？」

私は驚いて立ち上がる。剣術大会が近づいた最近、エドは剣の練習にかかりっきりで魔法実験室に来ることがめっきり減っていた。だから、今日も来ないと思っていたのだ。

「三十分ほど練習してきましたから大丈夫です。姫様に魔法を教える約束もしていますから」

「そんな。わたくしのことは気にしなくてよかったのに」

私は手に持っていたすり鉢を机の上に置き、眉尻《まゆじり》を下げる。

エドには確かに『魔法を教えて』とお願いしたけれど、彼のやるべきことを中断させてまで強要するつもりはなかった。

すると、エドは片手を軽く振る。

「というのは言い訳で、練習から逃げてきました」

「逃げる？」

「はい。最近、毎日毎日剣の練習ばかりで魔術書を読む時間もないので、少しだけ息抜きですよ」

エドはそう言って笑うと、難しそうな魔術書がたくさん収められている本棚から一冊を抜き取り、テーブルを挟んで私の向かいに座った。私も椅子を引き、そこに座る。

チラリと正面を窺《うかが》い見ると、エドは視線で魔術書の文字を追っていた。目の動きに合わせて長めの睫毛《まつげ》が揺れている。

「エドは剣があまり好きではない？　最近とても強くなったのに」

私がおずおずと話しかけると、エドは手元の本にしおりを挟み、顔を上げた。

「好きですよ。特に、最近は上達してきたから剣を振るのは楽しいですね。ただ、この時間も同じくらい好きなのです」

「ふーん」

エドは魔法の研究に興味があるようだから魔法実験室で過ごすこの時間が好きなのは当たり前だ。けれど、なんとなく私は『姫様とすごすこの時間が好き』と言われたような気がして、頬が赤らむのを感じた。

「姫様は触媒作りですか？　わからないことがあったら聞いて下さいね」

「うん。今のところは大丈夫。完成したら、うまくできているか確認してくれる？」

エドは私の手元にあるすり鉢を見る。

触媒は魔法の効果を高めるために使用されるが、そもそも魔法が使えない私は作ったこれが上手《うま》く作用するかを確認する術《すべ》がないのだ。だから、いつもエドにうまくできているかチェックしてもらっていた。

「もちろん、いいですよ」

エドはにこっと笑い頷くと、再び手元の分厚い本を開き、しおりを挟んでいた部分から読み始めた。

シーンとした魔法実験室の中に、ゴリゴリとすり鉢を擂《す》る音と、パラりと紙をめくる音が重なる。ちらりとエドを窺い見ると、俯《うつむ》いているせいで黒く艶《つや》やかな髪が顔にかかっている。

「エドは今度の舞踏会、参加するの？」

「舞踏会？」

顔を上げたエドは、意味が分からないようで首を傾げる。

「学園長から招待状が届くのでしょう？　ソフィアに聞いたわ」

エドはようやくなんの話をしているのか分かったようで「ああ」と呟《つぶや》く。

「俺は参加しませんよ。シャルル殿下とドウルも不参加と言っていました」

「ふうん」

澄まし顔で聞いていたけれど、エドが参加しないことになぜかホッとする自分がいた。

お兄様が不参加なのは予想通りだ。

「来年は必須《ひっす》ね」

「そうですね。……来年――」

エドは何か言いたげにこちらを見つめる。

「どうしたの？」

「………………。いえ、なんでもありません」

首を傾げる私に、エドは首を左右に振って見せる。

「――今度の剣術大会、決勝トーナメントまで出られるといいわね」

エドは目を見開き、少し驚いたように私を見つめた。

「姫様は俺を応援してくださるのですか？」

「もちろんよ」

「決勝トーナメントには出たいですが、狭き門ですね。それに、決勝トーナメントではドウルやシャルル殿下と対戦になるかもしれませんが」

「お兄様とエドの対戦なら、わたくしはエドを応援するわ。確かにドゥル様は騎士家系だし、体も大きいから強いかもしれないわね」

私は迷うことなく、エドを応援すると言った。

だって、お兄様は王太子なのだから適当なところで負けるくらいでないと。これは、お兄様が弱くあるべきだという意味ではない。お兄様がどんなに強かろうと、未来の騎士達はそれを超える強さを身に付けるように努力すべきだということだ。

エドはそれを聞くと「なるほど。確かにそうですね」と苦笑する。お兄様には申し訳ないけれど、絶対に優勝させるわけにはいかないのだ。

「では、全力を尽くして頑張ります」

「うん。頑張ってね」

エドが片手を挙げるように差し出したので、私も片手を伸ばしてハイタッチをする。手のひらが触れ合い、パシンと軽快な音が鳴った。それと同時に、胸にほんわりあたたかいものが広がるのを感じた。

◇　◇　◇

学年が上がり、私は七回生になった。

見上げれば、雲一つない真っ青な空のキャンバスがどこまでも広がっている。

大空を悠然と飛ぶのは鷹《たか》だろうか。その力強く凜々《りり》しい姿に、今日闘う選手たちの姿が重なった。

剣術大会の決勝トーナメントが行われるこの日、グレール学園の闘技場にはいつになく緊張感が漂っていた。

まだ大人の体になり切る前のこの時期、一年の年齢差はとても大きい。そのため、剣術大会の決勝トーナメントに残る十六名の選手中十四名が最高学年の八回生、残る二名は七回生、六回生は残念ながらゼロだった。これはこの決勝トーナメントに残る七回生はそれだけ将来有望であることを示しており、三年連続の出場はドゥル様ただ一人らしい。

そして、全力を尽くすという宣言通り、お兄様とエドの二人も見事に決勝トーナメントまで勝ち進んだ。二人とも、決勝トーナメントに進むのはこれが初めてだ。

「見てベル！　シャルル殿下があそこにいるわ。ドゥル様とエドワール様も！」

観客席の隣に座るオリーフィアがはしゃいだような声を上げる。

オリーフィアが指さした方向を見ると、確かにキラキラと煌《きら》めく金色の頭が見えた。あの美しい髪は、間違いなくお兄様だ。隣にいるひと際背が高く目立つのがドゥル様だろう。そのまま視線を横に移動させた私はドキッとする。

艶やかな漆黒の髪をした男性は、エドだろう。けれど、普段の制服とは違う剣術大会用のプレートアーマーを着て、真剣な表情をしたエドはまるでいつもと別人のように見えた。

それこそ、前世で私を守ってくれた護衛騎士のエドとその姿が重なる。

(エドの剣術を見るの、楽しみだな)

練習する姿は何度も見たことがあるけれど、今日の大会本番でどんな剣技をみせてくれるのか、とても楽しみだ。

「今年は誰が優勝かしら。やっぱりドゥル様かなあ? シャルル殿下が優勝すれば大盛り上がりだけれど、それはそれで問題よね」

オリーフィアが苦笑いする。

確かにお兄様が優勝すれば、この会場にいる多くのお兄様に憧《あこが》れる女子生徒は大盛り上がりだろう。けれど、オリーフィアが言うとおり、それはそれで問題だ。騎士団に守られる立場である王太子のお兄様より未来の騎士達の方が弱いなんて、対外的に示しがつかない。

けれど、きっと会場の観客はほとんど全員がお兄様を応援するだろう。とにかく、この試合でお兄様を負かせる外れくじの役目を負う生徒には同情する。

始め! という審判の先生の合図で試合が始まる。

まだ十代とはいえ剣術大会の試合は息を呑《の》むものだった。

特に、八回生ともなると卒業まであと一年もない。つまり、一年後には本物の騎士として活躍する人々が多く参加し、そのレベルはかなり高いのだ。素早い剣の動きは私のような普段剣術をやらない者からすると、ほとんど見えなかった。

この大会は『剣術大会』を謳《うた》っているので、魔法の使用は禁止だ。それでもこの迫力なのだから、王宮で行われる剣と魔法の両方を使う魔法騎士の剣術大会はさぞかし圧巻だろう。

「次、エドワール様よ」

一番の注目株であるお兄様の第一試合が見事にお兄様の勝利で終わったことで、会場は興奮冷めやらぬ熱気に包まれていた。ドゥル様も順調に勝ち上がっている。

そんな中、オリーフィアに耳打ちされて、私は闘技場の中央を見つめる。新たに二人の男子生徒が入場してきた。まだ兜《かぶと》を被《かぶ》っていないので艶やかな黒髪が見え、髪の毛の色でエドだと判断することができた。それぞれ胸と背に赤と青のマークが入っており、赤がエドだ。

二人が兜を被り、闘技場の中で向き合う。勝負が始まる瞬間、闘技場の観客席まで緊張感が伝わり、辺りはシーンと静まり返った。

「始め！」

審判の合図と共に、一人が攻撃を仕掛ける。カキーンと高い音が響き渡った。赤い印の付いたプレートアーマーを着た生徒——エドはそれを自分の剣で受け止めると、二人は押し合いながら睨《にら》み合った。そして、次の瞬間にはカン、カン、と激しい打ち合いを始める。

「凄《すご》い。いい勝負ね」

オリーフィアの言葉に思わず頷《うなず》く。実力が拮抗《きっこう》しているようで、どちらも引かない接戦だった。しかし、ふとした一瞬で勝負は分かれ目を迎えた。

「あっ、緩んだ！」

カキンッという高い音と共に、会場の誰かが叫ぶ。青色の鎧《よろい》を纏《まと》った生徒の剣を握る手が緩んだのだ。すかさずエドが剣を打ち込むと、カランと音を立てて相手の生徒の剣が落ちる。

「止め！　勝負あり」

審判が叫ぶと、あたりに「わぁっ！」と歓声が沸き起こる。勝負していた二人が固い握手を交わすと、歓声は一層大きくなり、盛大な拍手が沸き起こった。

「エドワール様、勝ったわ！　凄い！　これでシャルル殿下とエドワール様とドウル様が三人揃って八強入りね」

オリーフィアは興奮したように早口で話す。

「ええ、本当に凄いわ」

私も興奮を必死に抑えながら、闘技場を見つめた。

ついこの間まで『剣は特別得意ではない』と言っていた人が、たった一年半でここまで強くなるなんて、一体誰が予想しただろう。どれ程の鍛錬を重ねてきたのだろうかと、その努力に頭が下がる思いだ。

試合を終えたエドは兜を外すと、それを片手で持って辺りをぐるりと見渡した。何かを探すように観客席を眺めながらゆっくりと視線を移動させている。

「誰か探しているのかしら？」

「さあ？」

不思議に思って、じっとその様子を見守っていると、エドの視線がこちらへと向く。しばらく焦点が定まらないように彷徨っていた赤い瞳《ひとみ》がまっすぐにこちらを見つめ、顔が綻《ほころ》ぶ。そして、エドは空いている片手を上げ、嬉《うれ》しそうに笑った。

「見て！　エドワール様がこっちに手を振ったわ。エドワール様！」

近くの女子生徒達が興奮したように叫ぶのが聞こえた。何人かの女子生徒が背筋をピンと伸ばして手を大きく振っている。きっと、エドと同じ八回生なのだろう。

（今、こっちを見た？）

しっかりと視線が絡んだような気がしたのだけど、気のせいだろうか。

（もしかして、私のことを探してくれていたのかしら？）

そんな自惚《うぬぼ》れた考えが浮かんで、頬が紅潮するのを感じた。

◇　◇　◇

結局、剣術大会の優勝者はドゥル様だった。

最高学年の八回生であり、騎士の名門一族であるヴェリガード侯爵家の嫡男であるドウル様の優勝は、多くの人々にとって予想通りの展開だ。

ちなみに、今回の大会で最も注目株だった王太子であるお兄様は、二回戦でドウル様に敗れた。けれど、ドウル様が優勝したから自分の実力は学園内で二位くらいではないかと本人は言っている。あくまでも自己評価だけれど。本当に負けず嫌いだ。

そして、エドは決勝戦でドウル様に敗退した。

ただ、負けたけれども本人はやりきったという気持ちが強いらしく、とても清々《すがすが》しい笑顔を見せていたのが印象的だった。

「今回の剣術大会は魔法が禁止だったけれど、魔法が許可されていればもしかしたら勝てたのでは？」と後日エドに尋ねると、「それでもやはり負けていたと思いますよ。ドウルは本当に、圧倒的に強いですから。随分と俺を高く評価してくれているのですね。ありがとうございます」と本人は笑っていた。

「剣術大会ですが、王立騎士団の幹部が見に来ていたんです」

「ええ、そうみたいね」

「実は試合後に『王立騎士団に来ないか』と言われたので、魔術に興味があると伝えたら『魔法騎士団はどうか』と言われまして……」

魔法実験室で二人でお喋《しゃべ》りをしているときにエドが打ち明けた内容に、私は目を輝かせた。

（魔法騎士団！　やっぱりエドは剣術大会でスカウトされていたのね！）

エドが前世で所属していたのも魔法騎士団だった。

「凄いじゃない。おめでとう、エド！」

「え？　ああ……、ありがとうございます」

「魔法騎士団なんて、そうそう入団できるものではないわ！　さすがはエドね」

私は自分の両手を胸の前でぎゅっと組む。

魔法騎士団は剣術だけでなく魔術にも優れた、特に優秀な一握りの人しか入団することができない。

何年もかけて入隊試験に挑む人も多いのに、向こうから請われて入団するなんて本当に凄いと思った。

「もちろん、そのお話は受けるのでしょう？」

私は身を乗り出してエドに笑いかける。

興奮していて、このときエドが少し戸惑ったような表情を見せたことには、気が付かなかった。

◆9．魔力解放

ところで、剣術大会の後からとある光景が学園内でしばしば目撃されるようになった。

「ドゥル様、ごきげんよう」

「ああ」

「エドワール様、ごきげんよう」

「こんにちは」

少し無愛想なドゥル様に対し、となりにいるエドは話し掛けてきた女子生徒に丁寧に言葉を返す。辺りから「きゃあ！」と黄色い声が聞こえる。

事前にオリーフィアから聞いてはいたけれど、剣術大会に勝ち進むと本当に学園における女子からの人気に影響するようだ。

ドゥル様とエドはそれぞれ侯爵家の嫡男と公爵家の次男だ。二人とも見目も悪くなく、むしろ整っている。男らしく凛々《りり》しい印象のドゥル様と、整った顔立ちで少しクールな印象のあるエド。その二人を連れて見た目はキラキラの王子様であるお兄様が歩けば、たちまち学園内の全女子生徒の注目の的だ。

ちなみに誤解なきよう言っておくと、お兄様は中身も間違いなくキラキラの王子様だ。お兄様は勿論《もちろん》のこと、ドゥル様とエドの二人も女性に対して親切ではあっても、必要以上に甘い顔をするタイプではない。

だから、特に何が変わったというのではないのだけれど、やたらと目につくこの光景に、私はなんとなくもやもやしたものを感じていた。


そんなある日、私はオリーフィアに誘われて街歩きに出かけた。

護衛兼案内役は、今日もアングラート公爵家の従者であるオルセーだ。

学園に通い始めてそろそろ二年が経過した。街歩きももう片手で数えきれない数になってきたので、私達は、今日は初めて行く場所に行ってみたいとオルセーにお願いした。

「初めていく場所……。どこがいいかな」

オルセーは回答不能な難問を突き付けられた生徒のように難しい顔をした。

「いつも通り過ぎている小路《こみち》は？」

オリーフィアがすかさずそう尋ねる。

町の大通りからは何本もの小路が繋《つな》がっている。いつもオルセーは『そっちにはいかないで』と言って行かせてくれないのだけれど、大通り沿いはだいぶお店を制覇してきた。

「小路はならず者が出ることがあるので、危ないことも多いのです」

オルセーは大まじめな顔でいつもそう言うけれど、子供の姿を見かけることもある。

暫《しばら》く考え込んでいたオルセーは「そうだ。お嬢様達もだいぶレディになって参りましたから、あそこはどうでしょう？」と一軒のお店に連れていってくれた。

私達は初めて訪れるその店の外観を眺める。

通りから三段ほど上ったところにある大きな両開きの扉は三メートル近い高さがあるだろうか。格子の中に球体が埋まったような彫刻が全面に施され、更に金色に塗られているのでとても重厚感がある。扉の左右には等間隔の石造りの円柱があり、ここだけ見ると、まるで王宮のようだ。

そして、そのお店の入り口の上壁面には『サンクリアート』と文字が彫られていた。

「ここはなんのお店？」

オリーフィアが不思議そうに尋ねる。

「高級宝飾店ですが、庶民向けの廉価版も扱っておりますよ」

オルセーは扉を開けると、私達に中に入るように促した。

宝飾店は三階層に分かれていた。一階が庶民でも使えるような廉価版のアクセサリー、二階が少しだけお高めのアクセサリー、三階が貴族をターゲットとした高級宝飾品だ。

学園の帰りにふらりと立ち寄っただけの私達は、当然ながら一階を見て回る。

「ねえ、これ可愛い」

オリーフィアがショーケースの中のネックレスを指さす。水色の石のシンプルなネックレスだ。値段はさほど高くないので、宝石ではなくてガラス玉なのかもしれない。

「あ、こっちも可愛いな」

続いてオリーフィアが目を付けたのも、水色の石が嵌《は》まったブレスレットだ。

「フィアって、水色が好きなのね」

「え？」

「気付いていなかったの？　さっきから、気にしているのは水色の石ばかりだわ」

キョトンとした表情のオリーフィアは、全くその事実に気が付いていないようだ。私はくすくすと笑う。

ちなみに水色はクロードの瞳《ひとみ》の色でもある。ごく稀《まれ》に例外もあるけれど、魔法珠の色は瞳の色と同じことが圧倒的に多い。エドがくれた魔法珠もエドの瞳と同じ赤だった。

私は心の中でクロードに「よかったね」と祝福を贈った。

暫く見て回っていると、オリーフィアはひとつのショーケースの前で立ち止まった。

「これ、不思議な形だわ。石がないのね」

じっと覗《のぞ》いているので何かと思って、私も横から覗く。

そこには、石の嵌まっていないチェーンやリングの台座が陳列されていた。シンプルなチェーンに石のない台座があり、それだけのものもあれば、台座の上に木の葉を模したモチーフや小花がついているものもある。

「石は別に購入するってことなのかしら？」

二人でショーケースを覗きこんでいると、後ろから覗き込んできたオルセーが「ああ、これは」と声を漏らす。

「魔法珠を嵌めるものですね。お嬢様達もそのうち、贈られますよ」

「わたくし達も？」

私とオリーフィアはきょとんとして顔を見合わせる。

魔法珠を貰《もら》うのは、通常であれば結婚するときだ。

その意味を理解すると、私達は二人して頬をほんのりとピンク色に染めた。

オルセーはそんな私達を見つめ、顔を綻《ほころ》ばせた。


その日はとても暑かった。

店内から大通りへ出ると、容赦のない日差しが降り注いできた。立っているだけで汗が噴き出るような灼熱《しゃくねつ》に、ポケットからハンカチを取り出して額を拭《ぬぐ》う。

すぐ近くでは、近所に住む子供達がごみ拾いをしていた。前に小路にいるのを見かけたことがある。この暑い中、ご苦労なことだ。そして少し離れた場所では若い男性達が何人かで座りこんでお喋《しゃべ》りに興じているのが見えた。

「暑いわ」

ハンカチを片手にぼやく私に、「ほんとね」とオリーフィアも同意するように呟《つぶや》く。

オルセーが私達を日陰に入れるように日傘を差し出してくれた。

「どこかで冷たい飲み物でも飲んで、休憩しましょう」

「やったあ」

「またカフェに行きたいわ！」

オルセーの提案に、私達は同時に歓声を上げる。通り沿いのカフェでクッキーと搾りたてのオレンジジュースを頂いて、楽しいひとときを過ごしたのだった。

◇　◇　◇

異変に気付いたのはその日の夕方、王宮に戻ってからだった。

自室でグレール学園の制服を脱ごうとした私は、いつものようにポケットに手を入れて青ざめた。そこに入れてあったはずの魔法珠がないのだ。

「え？　うそ」

慌ててポケットを完全に引き出して裏返しにする。けれど、そこには何も入っていなかった。部屋の中の絨毯《じゅうたん》を見回しても、赤いものは見当たらない。

「………………。もしかして、落とした？　馬車かしら？」すぐに捜しに行こうと部屋を出ると、途中で近衛《このえ》騎士と雑談しているお兄様と偶然会った。

「ベル、どこか行くのかい？　もう暫くしたら、夕食だよ」

お兄様は着替えもせずに制服姿のまま部屋から出てきた私に、怪訝《けげん》な表情をする。

「馬車に忘れ物をしたの。すぐ戻るわ」

「それなら、案内の護衛を」

「もう小さな子供ではないのだから大丈夫よ。宮殿内だし、すぐ戻るから」

「そうか。それは悪かったね」

呆《あき》れたようにそう言った私に、お兄様は柔らかく目じりを下げる。

お兄様と別れた私は、足早に馬車乗り場へと向かった。先ほど私が乗って帰ってきた馬車はちょうど清掃が終わった後のようだった。

「ねえ、中に赤い珠《たま》が落ちていなかったかしら？」

「赤い珠？　見かけませんでしたが？」

バケツの水で雑巾《ぞうきん》を濯《すす》いでいた御者は、それを置くと首を振る。

その呑気《のんき》な口調と緩慢な動作とは対照的に、私はサーッと血の気が引くのを感じた。

馬車の中にないとすれば、いつ、どこで落としたのだろう。

私には事あるごとにポケットに手を入れてエドのくれた魔法珠を触る癖がある。今日の街歩きの途中で触れた際には間違いなくあった。ということは、その後に落としてしまったということだ。

「どうしよう……」

なくすなんて、あり得ない。

あれは、前世で最後まで守ってくれたエドが命に代えて私に託した、大切なものだ。今でもその加護が残っており、私のお守りでもある。

「捜さないとっ！　お願い。すぐに城下へ出て！」

冷静に考えれば、私はすぐに部屋に戻り、近衛騎士達に事情を伝えて心当たりを彼らに捜索させるべきだった。けれど、このときは酷《ひど》く気が動転してしまい、完全に平常心を失っていた。

御者は突然血相を変えた私の様子に目を丸くした。

外出時は必ず付ける近衛騎士が一人もいないことを訝《いぶか》しむように周囲を見回したので、私は首を振る。

「護衛は必要ないわ。急いでいるの」

「しかし……」

「大丈夫だから」

城下街にはグレール学園に通い始めてからというもの何回も訪問したし、毎日馬車で通っていて様子も知っている。一度も危険な目にあったことなんてないのだから大丈夫。それよりも、なくした魔法珠を捜す方が先決だ。

愚かにも、私はそんな安易な考えを持ってしまったのだ。

御者は王女である私に歯向かうこともできないので、おずおずと馬に鞭《むち》を入れ発進させる。十分もかからずに、馬車は見慣れた町の馬車停車場に到着した。

「少しここで待っていて」

「かしこまりました。しかし、殿下はどちらへ？」

心配そうに御者がこちらを見つめる。私は首を横に振ってみせた。

「すぐに戻るわ」

私は馬車を降りると、今日行った道のりを足早に進む。早歩きしながらも辺りをきょろきょろと見まわしたけれど、捜している赤い魔法珠は見当たらない。

すでに日は沈みかけており、夕日が地面や建物の壁を茜色《あかねいろ》に染めていた。人通りも昼間に比べると少なくなっている。

日が暮れてしまえば、今日中に捜し出すことは完全に不可能になるだろう。私はますます焦って周囲を見渡した。

「ないわ……」

今日歩いた道も、訪れた店も、全て回った。けれど、捜し物はどこにもなかった。

「どこなの？」

呆然《ぼうぜん》としたまま立ち尽くし、記憶を辿《たど》ってゆく。

思い当たったのは今日の昼間に行った宝石店だった。あの店を出た際に、汗を拭おうとポケットからハンカチを引っ張り出した。そのとき、一緒に飛び出て落としてしまったのだろうか。

私はすぐに踵《きびす》を返すと、昼間訪れた宝石店へと走った。さっきも確認しに行って、店の前には落ちていなかったことはわかっている。けれど、昼間あそこにはごみ拾いの子供達がいた。彼らに聞けばわかるかもしれないと思ったのだ。

息を切らし、周囲を見回す。このとき、名門グレール学園の制服姿のままでひとり立ち尽くす私は相当目立っていただろう。けれど、当の私はそれどころではなかった。きょろきょろと視線をさ迷わせたが、昼間の子供達は家に帰ってしまったようでいなかった。

かわりに二十歳後半だろうか、昼間もいた男性二人組と目が合った。二人は建物の入り口に座り込んでおり、男性の一人は私と目が合うと、にこりと微笑んだ。

「レディ、こんな時間にどうされました？」

親切そうな男性の登場に、私はほっと息を吐く。

「あの、捜し物をしています。今日、ここの辺りで大切なものを落としたのです。昼間ごみ拾いをしている子供達を見たので、その方達に聞けばわかるかと思って。あなた方も昼間いらしたわよね？　見かけませんでしたか？」

「なるほど。こんな時間にお一人で捜しに来るとは、それは大層高価なものなのでしょうね？」

「いいえ、高価ではないわ。魔法珠よ。大切な人の形見なの」

男性二人は顔を見合わせると「ああ、なるほど」と言った。

魔法珠は魔法の盛んなこの国ではよく見られるもので、それ自体にほとんど価値はない。なぜならば、それは贈られた人にしか加護の効果を与えないので、それ以外の人にとってはただの色つきのガラス玉同然なのだ。

「その子供達の居場所に心当たりがあるから、案内してあげましょう」

「本当ですか？　ありがとう」

親切な人達に出会えてよかった。二人が立ち上がって手招きしたので、私はその後ろを追いかける。しかし、少し歩いて私は立ち止まった。

「ここ……」

二人が案内しようとしたのは、大通りを一本入った小路《こみち》で、いつもオルセーから行ってはいけないと言われているところだった。

私が付いていくことに迷っていると気付いた男性は、こちらを振り返ってにこりと笑った。

「どうしました？　きちんと帰りもここまで案内するから大丈夫ですよ」

「あのっ、ありがとう」

今は緊急事態だし、案内してくれる方がいるから大丈夫。

私は自分にそう言い聞かせると、おずおずとその後に付いて行った。

どれくらい歩いただろう。恐らく、時間にすれば五分程なのだけれど、すっかり辺りは暗くなってきていた。先ほどまで沈みかかった日の光を浴びて茜色に染まっていた建物の白壁は、今は灰色に変わっている。

「あとどれくらいかかるの？」

「もうすぐだよ」

そうは言うものの、どんどん辺りは暗くなるし、先ほどまでまばらにあった人通りはすっかりなくなっていた。それに、建物も心なしかみすぼらしくなってきている気がする。

男性達が一軒の家の前で立ち止まったとき、私はようやく到着したとホッと息を吐いた。

階段を三段上がったところに木製のドアがあり、そこにドアノックの金具が付いていた。外壁に取り付けられた明かりとりのランタンの中で、チロチロと炎が揺らめいている。

私を連れてきてくれた男性の一人がトントンとドアをノックすると、中から鍵《かぎ》が開けられた。

中から顔を出したのは、顔中皺《しわ》だらけで、赤ら顔の壮年男性だ。

「なんだよ。今日の営業時間はもう終わったぞ」

「そう言うな。いいのを連れてきた」

ドアをノックした男性が顎《あご》で横を指す。赤ら顔の男は私の姿に気が付くと、驚いたように目を見開いた。

「この子はどうした？」

「大通りで拾った。この格好、確かいいとこの子供が通う学校の制服だろ？　それにこの警戒心のなさは間違いなく温室育ちの貴族の娘だ。金になる」

「へえ。そりゃあ、よくやった」

男はぐへへっと下品な笑い声を漏らす。

おかしいと感じるまでに時間はかからなかった。

(逃げないとっ!)

私は咄嗟《とっさ》に走り出す。

「おいっ、待て!」

二人いた男性のうちの一人がそう叫んだけれど、振り返らずに元来た道を必死に走った。既に日は沈み、しっかりとした明かりもない路地裏の通りは暗闇に包まれていた。足元がよく見えず、つま先に衝撃を感じた次の瞬間、体が地面に叩《たた》きつけられる。小石に躓《つまず》いたのだ。

「いたぞ。捕まえろ」

「俺に任せろ!」

追いかけてきた先ほどの男二人が私に手を伸ばしてきた瞬間、バチンと大きな音がして火花が散る。手を伸ばしてきた男は顔を顰《しか》め、手を引くとその手を庇《かば》うようにもう片手で覆った。

「こいつ、生意気に防御魔法を使ってやがる」

「なんだと?」

もうひとりの男も私に手を伸ばそうとしたが、再び火花が散って触れることはできなかった。

(防御魔法？　魔法珠はなくしてしまったのに、どうして？)

魔法を使えない私は防御魔法も使えない。だから、今私を守っている防御魔法はエドがくれた魔法珠の加護だとしか思えなかった。

「魔法を使って紐《ひも》で縛ろう」

後ろから来た男が、先が輪になった魔法の捕縛紐を投げる。通常であれば、犯罪者や獣を捕らえるために使われるものだ。

輪投げのように見事に私に引っ掛かったその紐は体を締める直前、体の周りでボワッと燃え上がって灰に変わった。

「どうなってやがる。くそっ！　少々傷つくが仕方がねえ。気絶させろ」

地面に落ちて燃え上がる紐の切れ端を見た男の一人が乱暴にそう叫ぶ。すると、もう片方の男が道路の脇に落ちていた、こん棒のようなものを片手に迫ってきた。

「きゃっ！」

殴られる。そう思ってぎゅっと目を瞑《つぶ》る。

「エド、助けて！　エド！」

無意識に呼んだのは、かつて私を守ってくれた護衛騎士の名だった。

次の瞬間、空気がふわりと揺れる。

「なんだ、お前。どこから現れやがった」

驚いたような男の声。

いつまでも訪れない衝撃に恐る恐る目を開けると、男二人と私の間に立ちはだかるように白いシャツにズボンというラフな格好をした男の人がいた。闇夜に混じるような漆黒の髪が風に靡《なび》く――。

「――エド?」

驚きのあまり、私は目を見開いた。

そんなわけがない。いるわけがない。

だって、彼は死んだのだから――。

信じられない思いで、私は掠《かす》れた声で呼びかける。その人はチラリとこちらを振り向くと、安心させるように微笑んだ。

「もう大丈夫ですよ、姫様」

少し幼い顔つきは、この世界のエドだった。エドは少し屈《かが》んで私に顔を近づけ、耳元に口を寄せた。

「こいつらは俺が相手をしておきますから、姫様は逃げて下さい」

「でも……」

目の前の男達はへへっとせせら笑った。

「綺麗《きれい》な顔したお坊ちゃん一人で俺らを相手するって? 舐《な》められたもんだ。これでも、昔は王国の保安隊にいたんだぜ?」

男が気合いを入れるように捲《まく》った袖《そで》からは、逞《たくま》しい腕が覗《のぞ》く。

私はさーっと青ざめた。

こんなごろつきみたいな人達が王国の保安隊にいただなんて。きっと、何か不祥事でも起こして首になったのだろうということは、容易に想像がつく。

エドは澄ました表情を崩さなかったが、もう一度私の耳元に口を寄せた。

「正直言わせていただくと、邪魔です。姫様を人質に取られると、どうしようもなくなります。急いで助けを呼んできてください」

かつて、サンルータ王国で私が捕らえられたせいで抵抗できずにエドが捕まった過去を思い出し、私は真っ青になって首を縦に振る。

「ええ。わかったわ」

「よし。では、行って」

大きな手でトンと背中を押され、私は走り出した。ズキンと足首に激痛が走る。

「待て。逃げるぞ！」

「さっさとこいつをやって捕まえろ」

背後からそんな物騒な声が聞こえてくる。

私は痛む足に鞭《むち》打って必死に走った。けれど、先ほど挫《くじ》いた足が痛くて、思うように走れない。

息を切らせながら後ろを振り返る。先ほどは何も持っていなかったエドの手には、昔、私の誕生日に見せてくれたようなクリスタルの剣があり、大の男二人を相手に戦っているのが見えた。ただ、相手は元保安隊。いくらエドが強いとはいえ、二人相手では相当苦しそうに見えた。

「早く助けを……」

そう思って再び走り出そうとしたとき、私は目に映った光景に、思わず口許《くちもと》を両手で押さえた。

薄闇の中で、前にいる男を相手にしていたエドの背後から、もう一人の男がこん棒で殴りつけたのだ。エドの体が、ぐらりと崩れるのが見えた。

「嫌……」

掠れた声が喉《のど》から漏れる。

脳裏にフラッシュバックしたのは、仄暗《ほのぐら》い牢獄《ろうごく》で見た、あの光景だった。

度重なる拷問で、体中が傷だらけのエドの姿。エドがまた、私のせいで傷ついている。

私の浅はかな行動のせいで。

「やめて、お願い……。やめて……」

男がふらつくエドを蹴《け》り上げて、エドの体が宙に浮く。溢《あふ》れた涙で、視界が霞《かす》む。

自分の体の周囲に光が集まるのが、ぼんやりと見えた。

「嫌、いや、いやぁぁぁ！」

自分でも、こんなに大きな声が出るなんて、知らなかった。

すっかり静まり返った夜の町に、私の絶叫が響き渡る。同時に、体の中心部が急激に熱を持つのを感じた。

あまりの熱さに両腕を自分の体に回し、抱きしめる。

この感覚を、私は知っている。

耐えきれずに頭を下げて体をくの字に折ると、周囲が不意に明るくなって地面が昼間のようにはっきりと見えた。転がっている小さな小石の一つひとつが認識できるほどの明るさだ。

――ドーン！

耳が痛くなるような轟音《ごうおん》が鳴り響き、突風が吹く。通り沿いの窓際の花台に飾られた鉢植えが煽《あお》られて落ち、すぐ横で砕け散った。続けてまた鉢植えが落ちてくるのが見えたそのとき――。

「姫様！　危ない！」

焦ったような声が聞こえ、体がぎゅっと温かな感触に包まれた。思わずきつく目を瞑り、両手で耳を覆う。

永遠のように長く感じたが、多分、ほんの数秒程度だろう。打って変わって辺りはシーンと静まり返っていた。恐る恐る目を開けると、周囲は暗闇に包まれていた。

「姫様、大丈夫ですか？」

すぐ頭上から声がして、顔を上げると至近距離にエドの顔があった。赤い瞳《ひとみ》で心配そうに、私の顔を覗きこむ。

「大丈夫……。これは一体？　あの人達は？」

「気絶しています」

「気絶？」

「はい。姫様がおこした突風と光で彼らの気が逸《そ》れた隙に、全員倒しました。もう大丈夫ですよ。怖かったですね。すぐに助けを呼びます」

上向きにしたエドの手のひらに光が集まり、紙切れが現れる。エドはそれにさらさらと何かを書くと、呪文《じゅもん》を唱えた。紙切れが一瞬で消え去る。

エドはそれが済むと、私の体を抱きなおして労《いた》わるように私の背を撫《な》でる。そこでようやく、私は自分の体が恐怖で震えているのに気が付いた。エドに伸ばしかけた指先は小刻みに震え、言うことを聞かない。

「エド、なんでここに？」

「なぜでしょう？　俺にもよくわからないのです。自宅で魔術の本をおさらいしていたらなぜか呼ばれたような気がして、強い焦燥感に駆られて転移魔法でここに来たら、ちょうど姫様が襲われているところでした。……間に合ってよかった」

エドはホッと息を吐く。

「でも、魔法陣なしで転移したせいで、戦うのに十分な魔力が残っていませんでした。迂闊《うかつ》でした」

「唇から血が出ているわ。それに、頬も腫《は》れている……」

「俺は大丈夫ですよ。大したことはありません」

唇が切れているのか、エドの口許にはべっとりと血が付いていた。それに、左頰には痛々しい痣《あざ》ができ、薄暗い中でも土に汚れているのがわかる。

「理由なく市民を傷つければ、いくら貴族でも厳しく非難されてしまいます。正当防衛を主張するためには、これくらい殴られないと言い訳が立たないです」

エドは悪戯《いたずら》っ子のように笑うけれど、私は震えを止めることができなかった。だって、私の浅はかな行動のせいで取り返しが付かないことになった可能性もあるのだ。

「ごめんなさい……、ごめんなさい」

「姫様？　俺は大丈夫ですよ？」

何度も謝罪の言葉を繰り返してぽろぽろと涙を零《こぼ》す私を見つめ、エドは困ったように眉尻《まゆじり》を下げる。

「俺はシャルル殿下から、姫様のナイトを仰せつかっていますから」

「でも、わたくしのせいでエドが危険な目にあったわ。一歩間違えば、死んでいたかもしれないわ！」

「あれくらいでは死にませんよ。最近は鍛えていますし、軽く防御魔法を使うくらいの魔力は残っていたので最初の一発目以外はほとんど効いていません。それよりも、姫様がご無事でよかった」

優しく微笑む姿が、護衛騎士だったかつてのエドと重なる。あのときもそうだった。

私を守ろうとして、平気で自分を犠牲にしようとするのだ。

「よくないわ……。全然よくない！　わたくしの愚かな行為で、エドを危険に晒《さら》したわ。皆にも迷惑をかけた。わたくしは……、わたくしは――」

嗚咽《おえつ》が混じり、それ以上は言葉にならなかった。

なぜ、すぐに近衛騎士を呼んで事情を話し、一緒に捜させなかったのだろう。あの魔法珠はとても大切なものだ。けれど、それはあくまで私にとって大切なものであって、それを理由に今を生きる人を傷つけていいわけがない。

「お願い。もっと、自分を大事にして。エドを失うかと思って怖かったの」

「姫様……」

「エドのことが、とても大切なの。だから、お願い」

もう、泣き過ぎてよくわからない状態になっていた。

顔はぐちゃぐちゃだし、頭が痛い。

暫《しばら》くするとけたたましい馬の蹄《ひづめ》の音が聞こえてきて、薄暗い通りに複数の騎士と馬車が現れた。馬車のエンブレムが月明かりを鈍く反射する。中から現れたお兄様は、これまで見たことがないくらい険しい表情をしていた。

ちょっと馬車に忘れ物を取りに行くだけだと言ったはずの私が王宮から姿を消し、危うく人攫《さら》いに売られそうになったのだ。怒るのも当然だろう。

――パシン！

乾いた音と共に、頬に痛みが走る。

お兄様が、私をひっぱたいたのだ。

「ベル。自分のしたことをよく考えろ」

「ごめ……ん……なさい……」

いつも私に甘いお兄様が、こんなにも怒っている姿を見るのは初めてだった。

お兄様は険しい表情のまま、エドへと視線を移す。

「エド、報《しら》せてくれて助かった。詳しい話は後で聞こう。帰りの馬車を用意させた」

「畏《かしこ》まりました。姫様に何もなくてよかったです」

エドは立ち上がり、お兄様に頭を下げる。

お兄様に手を引かれ、私は用意された馬車に乗り込む。エドはこちらを見上げると、もう一度頭を下げた。


王宮に戻ってからも、私はお父様とお母様にそれはそれはこっぴどく叱られた。一歩間違えば王女誘拐事件として、国家を揺るがす大事件に繋《つな》がっていたかもしれないのだ。

どこで話を聞きつけたのか、オリーフィアの父であるアングラート公爵は夜にも拘《かか》わらず、泣きじゃくるオリーフィアと顔面蒼白《そうはく》のオルセーを連れて「娘が殿下をお誘いしたせいでこんなことに……」と王宮まで謝罪に来た。

私が馬車に行く途中に会った近衛《このえ》騎士は任務における失態を犯したとして死をもって

償うと言い出し、私を乗せた御者は責任を取るために御者の職を辞すると言い出した。

全てお父様が丸く収めてくれたが、私は自分がしでかしたことの重大さを改めて思い知らされたのだった。

◆ 10. 自室謹慎

読んでいた本にしおりを挟むと、私はそこから顔を上げて窓の外を見た。

王宮から城門へと続く一本の通りを、一台の馬車がこちらへと近づいてくるのが見える。あの見慣れた馬車は、グレール学園への通学に使っているものだ。きっと、お兄様が帰って来たのだろう。

「もうそんな時間？」

振り向いて壁際の時計を確認すると、時刻は三時半だった。昼食後に少しだけ読書を、と思っていたら、いつの間にか結構な時間が過ぎてしまったようだ。

失くした魔法珠を捜して誘拐されそうになった事件から、既に三カ月が経った。

あのあと、私は罰として半年間の自室謹慎と奉仕活動をお父様に言い渡された。適度な運動をする程度の王宮内の散歩は許されるけれど、基本的には自室で家庭教師の先生と勉強し、これまで以上に孤児院や病院への慰問をし、その後は本を読んだりして過ごしている。

いつも部屋の外では二人の近衛騎士が見張っているけれど、身から出た錆《さび》なので、仕方がないと受け入れている。

そして、エドから貰《もら》った魔法珠は未《いま》だに見つからない。

私は深いため息をつくと窓際から離れ、再び本を読み始める。

今読んでいる本は、放課後にオリーフィアと一緒に遊びに来てくれたクロードがくれたものだ。サンルータ王国について詳しく載っている本で、まだ発刊されて数カ月しか経っていない一冊だという。

あの事件でひどく落ち込んでいた私を元気付けようと、普段からサンルータ王国やニーグレン国について話を聞きたがる私のために、クロードが実家のジュディオン侯爵家の力を総動員して用意してくれたらしい。

その本の文字を視線で追っていた私は、ふとある文章に目を留めた。

『第一王子のダニエル殿下が魔術研究所を開設された。国内にいる魔術師達を好待遇で集め、最先端の魔術を研究されている』

それは、本当に簡単な一文だった。けれど、私はこのたった一行の記載に、強い違和感を覚えた。

（サンルータ王国に魔術研究所ですって？）

前世ではそんな話、聞いたことがない。曲がりなりにも私はサンルータ王国の王妃となるべくかの国に送られ、数ヵ月間は実際に国王の婚約者として過ごしたのだ。あの国の最低限のことくらいは知っているつもりだ。

どういうことだろうかとじっと考え込んでいると、トントントンと扉をノックする音が聞こえてきた。

「どうぞ」

エリーが軽食でも用意してくれたのだろうと思い、本に視線を落としたまま軽く返事をする。カチャリと音がして誰かが入ってくる気配がした。

「姫様、何を読まれているのですか？」

聞き覚えのある低い声が頭上から聞こえ、私は驚いて顔を上げる。

「エド！」

そこには、興味深げに私の手元の本を見つめる、グレール学園の制服姿のままのエドがいたのだ。

「どうしてここに？」

「シャルル殿下と馬車に同乗して来ました。姫様に用事がありまして。殿下も着替えたらこちらにいらっしゃるそうです」

「わたくしに用事？」

私は思い当たることがなく、エドを見返した。

エドは私が自宅謹慎になっている間も週に二回程度、学園が終わった後にお兄様の馬車に同乗してきては魔法の使い方を教えてくれている。

あの日、エドが暴行を受ける様子を見て取り乱した私は、意図せず魔力解放に成功した。また前世のような悲劇が起きることを強く恐れていた私にとって、これは大きな第一歩だ。

もちろん、魔力解放したから安心、ということではないとはわかっている。けれど少なくとも、どこに嫁ごうと『魔法も使えない出来損ないを寄越《よこ》した』と言いがかりをつけられることはないはず。

もっと頑張って未来を変えたい。その思いはますます強くなる。

だから今、私は家庭教師の先生やエドに教わりながら実際に魔法を使う練習をしている。ただ、今日はエドが来る日ではないはずだった。

「姫様。手を出してください」

「手?」

私は言われるがままに、自分の手を差し出した。エドは私の手のひらを上向きにすると、被《かぶ》せるように自分の手を重ねる。手のひらをぴったりと合わせるかのような形になると、その大きさが随分と違うことに気が付いた。

触れる場所が微《かす》かに温かい熱を持つ。

その直後、重なっていた手のひらに何かが落ちてきたのを感じた。

エドがゆっくりと重ねていた手を外した。

「これを、早く姫様に渡したいと思いまして」

そう言ってにこりと笑うエドの顔を、私は信じられない思いで見返した。

なぜなら、私の手のひらには真っ赤な魔法珠が乗っていたのだ。

「……なんで、これがここに？」

驚きのあまり、声が掠《かす》れる。

それは紛れもなく、あの日私がなくした魔法珠のように見えた。エドの真っ赤な瞳《ひとみ》と同じ色をしている。

「昔、これを姫様に見せてもらったことがあったので、その記憶を頼りに探索魔法で捜してみました。ただ、探索してもなぜか俺自身の魔力に反応してしまって肝心のこちらが引っ掛かってくれず、苦労しました。お時間がかかって申し訳なかったです」

エドは眉《まゆ》をハの字にして謝罪する。

私はふるふると首を振った。視界がじんわりと滲《にじ》む。

だって、これがまた自分の手元に戻って来るなんて思っていなかったから……。

「ありがとう。ありがとう、エド」

「いえ、俺は大したことはしていません」

あの日からずっと捜していてくれたのだろうか？　私はやっと手元に戻ってきた丸い珠をぎゅっと握りしめる。

本当に、本当に嬉《うれ》しかった。

「一体どこで見つけたの？」

「路地裏で遊んでいる子供がビー玉と交ぜて持っていったら、大喜びで交換してくれましたよ」

「焼き菓子？」

意外な話に私は目を丸くする。エドの持つ焼き菓子に群がる子供達の姿がなんとなく想像がつき、おかしくなって笑ってしまう。肩を揺らす私を、エドは優しく見つめる。

「姫――……」

「ベル！　今日も変わりなかったかい？」

エドが何かを言いかけたとき、少し開けてあった部屋のドアが勢いよく開く。すっかり楽な姿に着替えたお兄様が笑顔で立っていた。

「あ、お兄様。お帰りなさいませ」

「ただいま。二人は今は何を？」

私は反射的にエドの方に視線を向ける。エドは少し首を傾げ「姫様が読書中だったので、何を読んでいるのかお聞きしていました」と答える。

魔法珠のことは秘密にしておいてくれるらしい。おそらく、今ここであの日のことを蒸し返すのは得策ではないという判断からだろう。

「本？　なんの本を読んでいたんだい？」

お兄様は興味深げにサイドテーブルの上の本を見つめた。

「以前食事のときにお話しした、サンルータ王国に関する本よ」

私は表紙を見せるように、その本を持ち上げた。オレンジ色の羊皮紙カバーがかかったその本は、ずっしりと重い。

そのとき、ふと先ほど読んだ文章が気になった。

「お兄様。この本に、サンルータ王国に魔術研究所が設立されたって書いてあったのだけど――」

「ああ、そうらしいね。なんでも、第一王子のダニエル殿下の強い希望らしいよ」

「ダニエル殿下の？　どうしてそんなものを設立したのか、理由は知っている？」

「いや、そこまでは知らないよ。サンルータ王国でも、もっと魔法を発展させたかったんじゃないかな？　我が国みたいにね」

お兄様は少し誇らしげに胸を張る。確かにサンルータ王国は我がナジール国に比べると、遥《はる》かに魔法の技術で劣っている。

「そうなのかしら？」

私は納得いかず、考え込む。

サンルータ王国に魔術研究所。記憶を辿《たど》るけれど、やっぱりそんな話は聞いた覚えがない。ダニエルはなぜ、そんなものを設立したのだろう？

「そういえば、ダニエル殿下の王太子即位の立太子式が来年あたりにあるはずだとジュディオン侯爵が言っていたな。ナジール国にも招待状が来るはずだ」

「そう」

サンルータ王国の話になったので、お兄様がついでとばかりに話を始めた。

第一王子が自動的に次期国王となるナジール国とは異なり、サンルータ王国では立太子式を経て初めて王太子と認められる。その立太子式が、来年あたりに行われると言うのだ。

私がかつての婚約者であるダニエルと出会ったのは、今から一年半後の十六歳の誕生日のことだった。そのときにはダニエルは既にサンルータ王国の王太子だったから、時期的にも合う。

（あと、一年半……）

私はぎゅっと手を握る。

長いようで、きっとあっと言う間だ。未来を変えるため、それまでに私は一体何をどう準備しておくべきなのだろう。

サンルータ王国の魔術研究所やダニエルのことが気になりつつも、私はその後、二人と小一時間ほど紅茶と焼き菓子を摘《つ》まみつつお喋《しゃべ》りをして過ごしたのだった。

◇◇◇

その日の晩、ベッドに仰向《あおむ》けに寝転んだ私は、手元に戻ってきた赤い珠《たま》を天蓋《てんがい》にかざすように片手で摘まんで見上げた。

ライトダウンされた薄暗い部屋で、僅《わず》かについた明かりを反射して光る、真っ赤に染まった魔法珠。傷などもなく、以前と変わらぬ様子だ。

あの日、あのごろつき達に襲われたときに私はこれを身に着けていなかった。それなのに、しっかりと防御魔法が発動された。

つまり、エドのくれた魔法珠はたとえ私がそれを身に着けていなくても防護の加護を与え続けるということだ。

通常の魔法珠であれば、身に着けていなければ加護は発動しない。

自室謹慎の間に本などを調べてみた結果、それはこの魔法珠に込められた魔力と私にかけられた防護の加護がそれだけ強力だということを意味しているようだとわかった。

「エド、あなたはわたくしにどんな魔法をかけたの？」

護衛騎士だったエドに呼び掛けたら、突如現れた今のエド。ただ、本人も状況をよくわかっていないようだった。

それに、昼間読んだサンルータ王国の魔術研究所の設立の話……。

この世界は、かつて私が生きた世界と違うことがたくさんある。

けれど、わかっていることが一つ。間違いなく、あの世界のエドが私にかけたのはどの魔術書にも載っていないような、未知の魔法だ。

赤い珠をじっと見つめる。

「そういえば、エドは何を言おうとしていたのかしら？」

今日の昼間、お兄様が訪ねてきたときにエドは私に何かを言おうとしていたが、お兄様が来て口を閉じてしまった。

誰も答えることのない問いかけは薄暗い部屋に溶けて消える。小さく『消灯』と呟《つぶや》くと、部屋の明かりがふっと消えた。


――――


それは私が十六歳の誕生日。初めての社交界デビューの日のことだった。

当時十九歳でサンルータ王国の王太子だったダニエルは、私の成人を祝う使節団の代表としてナジール国を訪れていた。

初めて会ったときの彼の印象は、『凛々《りり》しく、精悍《せいかん》な男性』だった。

「アナベル王女、お誕生日おめでとう。このよき日に立ち会えたことを、嬉しく思う。貴女《あなた》の最初のダンスのお相手を務める栄誉を頂けないだろうか？」

そう言って私に微笑みかけ、手を差し出したダニエル。さらりとした茶色い髪を一つにまとめ、こちらを見つめるアイスブルーの瞳《ひとみ》は少し鋭い。けれど、それがかえって男らしく感じられた。

「ええ。喜んで」

私は微笑んで、彼の手に自分の手を重ねた。

ダニエルはナジール国に滞在中、大人しく部屋に籠《こ》もりがちな私の下に足繁く訪れては庭園に誘い、ちょっとした雑談で私を笑わせては優しく目を細めた。

そして、負担にならない程度の品物をいつもプレゼントしてくれた。

当時の私には、三つ年上のダニエルは物語で登場する英雄の騎士様が抜け出たかのように思えた。一挙手一投足の全てが素敵に見えて、胸がときめくのを感じた。

「アナベル姫は私の想像と随分と違った」

「どこが違いますか？」

「思っていたよりもしっかりとしているし、慎《つつ》ましい。それに――想像していたより……ずっと、美しい」

蕩《とろ》けるような視線を私に向け、微笑みかける。

ダリアが好きだと伝えた翌日からは、毎日のようにダリアの花束を部屋に届けてくれた。

出会って一週間ほどしてダニエルが帰国する前日、庭園の外れで語らい合っているとき、ふと二人の間に沈黙が下りた。

「明日、私はサンルータ王国へ戻る」

ダニエルは、ゆっくりとそう言った。

「ええ。寂しくなります」

その言葉に、嘘偽りはなかった。別れが寂しいと思うくらいには、私はダニエルに好意を抱いていた。

それが愛かどうかはわからない。けれど、きっとほのかな恋心は持っていたのだと思う。

彼は無言で私の手を取り、自身の大きな手でそっと包み込んだ。

「アナベル姫。将来、どうかサンルータ王国に——私の下に来てはくれないか？」

私は驚いてダニエルを見返した。彼は、真剣な表情でこちらを見つめていた。

「我がサンルータ王国とナジール国の同盟をより強固なものとしたいのはもちろんだ。だが、それ以前に私は貴女に惹《ひ》かれている。すぐにとは言わない。——手紙をやり取りしようか？　もしも私のことを貴女の隣に立つに足りる男だと思えたなら、願いを聞き入れてはくれないか？」

私はこの国でたった一人しかいない王女であり、政略結婚の駒として生きるのが当然だと思っていた。だから、この申し入れを受けるのはやぶさかではない。

——政略結婚など、どこに嫁ぐのも同じ。

ずっと、そう思っていた。

けれど、彼に関して言えば、私の心に寄り添おうと努力をしてくれていることがひしひしと感じられた。少なくとも、当時の私はそう感じたのだ。

「……わたくしは魔法が使えませんわ」

「それで？　私も使えないが、困ったことはないな。便利で羨《うらや》ましいと思うことはあるが」

きっとがっかりされると思っていた私は、驚いてダニエルを見返す。ダニエルは悪戯《いたずら》っ子のようにくすりと笑った。

「魔法など、使えなくても構わない。きみに来てほしい」

真摯《しんし》な眼差《まなざ》しは、心からそう思っているように見えた。感激で、思わず涙がこぼれそうになる。

「わたくしでよければ、喜んで」

そう告げることに迷いはなかった。ダニエルはそれは嬉《うれ》しそうに表情をくしゃりと崩すと、優しく包み込むように私を抱き寄せた。

「異国の地では不安もあろう。貴女のことは必ず私が守り抜くと誓おう。必ず、幸せにする」

紡がれた言葉は、どこまでも優しかった。

私達の婚約はその日のうちにナジール国王であるお父様に了承された。

もちろん、他国の王族同士の婚約がその場で決まるはずもないので、内々に打診はあったのだろう。けれど、私はそのときまで全くそんな話があるとは知らなかった。

――


目覚めると、辺りは既に明るかった。閉まり切っていなかったカーテンの隙間から青空が見える。

ダニエルとの出会いの夢を見るのは、この世界で生活し始めて初めてかもしれない。

ゆっくりと起き上がって辺りを見回した私は、テーブルの上の本に目を留めた。

「何か前世と大きく状況が変わっているのかしら？」

私は立ち上がるとソファーに座り、クロードに貰《もら》ったサンルータ王国についての本の続きを読み始める。

目を皿のようにしてしっかりと読んだけれど、昨日の一文以外に気になることは何も見つからなかった。

◆ 11．気持ちの変化

半年間の謹慎期間が終わると、私は再びグレール学園へと通い始めた。

クラスメイト達は事情を知ってか知らずか、オリーフィアやクロード以外の人達も何事もなかったかのように私を受け入れてくれた。私はその態度に、とてもホッとした。

その光景を見たのは謹慎期間が解けて一ヵ月程した、七回生も終わりに近づいたある日のことだった。

放課後、クロードから国際情勢の最新情報について話を聞いた私は、お兄様と一緒に帰るために待ち合わせ場所の馬車乗り場へと向かっていた。

馬車乗り場はグレール学園の校門のすぐ脇にあり、帰りの時間帯に生徒が出てくるのを待つ馬車で前の道路が渋滞しないようにと作られたものだ。同時に二十台近くの馬車が停められる広さがあり、そのうちの一ヵ所が王族専用区画として割り当てられている。

その専用区画に向かって歩いていると、近くで誰かが話している気配に気付いた。

学園の生徒が立ち話をしているのだろうと思って気にも留めていなかったけれど、襟足が肩まで伸びた艶《つや》やかな黒髪が視界の端に映りふと足を止める。

「エ……」

エド、と呼びかけようとして、私は慌てて口を手で塞《ふさ》ぐ。

エドの前に女性が立っているのが見えたのだ。あれは——、確信は持てないけれど、モンシェリー侯爵家のアイリーン様だろうか。とても上品で美しく、かつ、お優しいと後輩達から人気の高いお方だ。

私は咄嗟《とっさ》に、すぐ近くに停まっていた馬車の陰に身を隠した。そして、そっと二人の様子を窺《うかが》った。

会話の内容までは聞き取れないけれど、エドが何かを話すとアイリーン様は笑顔でそれに応《こた》えていた。

最初は少し困ったような表情をしていたエドがアイリーン様の返事を聞いてパッと表情を明るくしたのがわかった。彼らの横に停まるラブラシュリ公爵家の家紋が入った馬車の御者にエドが何かを言うと、御者が心得たとばかりに頷《うなず》く。そして、ラブラシュリ公爵家の馬車はエドを乗せずに走り去っていった。

(馬車を帰してしまって、エドはどうするつもりかしら?)

不思議に思って見守っていると、エドはアイリーン様に促されてモンシェリー侯爵家の馬車へと乗り込んだ。

「なに、あれ?」

エドが女子生徒と話す姿は何度も見たことがあるけれど、あんなにも親しそうにしている姿を見るのは初めてだった。

走り去ってゆく馬車を見つめて、呆然《ぼうぜん》と立ち尽くす。

エドと一緒にいた、アイリーン様の様子が脳裏に浮かぶ。

エドを見上げて顔を綻《ほころ》ばせ、楽しそうに笑う。少し傾いた日の光を浴びて、下ろした金髪が美しく煌《きら》めいていた。金髪だけでなく、彼女は顔の造作や立ち振る舞いもとても美しい。後輩にも優しく、模範的な淑女だ。

エドは女子生徒と話すとき、いつも一定の距離を保つようにしている。先ほどのホッとしたように、そして嬉しそうに笑うエドの表情が、二人の関係がとても親しいものであることを示している気がした。

（わたくしが学園に通っていない間に、親しくなったってこと？）

混乱して状況が理解できず、私は片手を頭に当てて立ち尽くす。

「ベル、待たせたかな？　こんなところに立っていないで、車内で座って待っていればよかったのに」

不意に後ろから声を掛けられ、びくっとして振り返るとそこには笑顔のお兄様がいた。隣にはドゥル様も一緒だ。ドゥル様はますます背が伸びて、今や平均的な身長であるお兄様より頭ひとつ分も大きい。

「あっ……。わたくしも今着いたところなの」

「そうだったのか。では、ちょうどよかった」

お兄様はその場でドゥル様に別れを告げると、私の下まで歩み寄る。

「――今日は、エドワール様はご一緒ではないの？」

「エドは用事があるって言って、先に急いで帰ったよ」

「用事……」

用事があるからと急いで帰ったというのに、アイリーン様の馬車に乗り込むとは、どういうことなのだろう。つまり、その用事がアイリーン様との逢瀬《おうせ》ということだろうか？

「ベル？　なんだか元気がないけど、大丈夫？」

「そんなことないわ。元気よ」

「そう？　ならいいのだけど。――乗馬は上手《うま》くできるようになった？」

「ええ。もうすっかり自分一人で操れるようになったわ。やろうと思えば遠乗りもできると思うわよ」

「凄《すご》いじゃないか」

グレール学園では、男子生徒は必須《ひっす》、女子生徒は選択制で『乗馬』を習うことができる。

前世の私は一人で馬に乗ることができなかった。いつも馬車を使っていたからそれで問題なかったし、必要に迫られれば護衛の近衛《このえ》騎士の誰かが相乗りさせてくれたのだ。

でも、二度目の人生は以前にできなかったことをたくさんしてみたいと思った私は、敢《あ》えて六回生の後期からずっと『乗馬』の授業を選択していた。十三歳の誕生日の日に、前世のエドが『乗馬をやってみたいと思わないか』と言う夢を見たからというのもある。

お尻《しり》が痛くなるし、全身が筋肉痛になるし、本当に散々だけれど、自分が操る馬で風を切るのはとても気持ちがいい。今ではすっかり馬の扱いにも慣れたので、よく通学途中の馬車の中でお兄様にその話をしていたのだ。

(――あの二人はどういう関係なのかしら?)

いつもなら学校であったことを夢中で話してしまうのに、また先ほどの光景が脳裏に蘇《よみがえ》って話に集中できない。

エドが誰と何をして過ごそうと、私が口出しすべきことではない。そうはわかっているのに、なぜか胸につかえるものを感じる。

けれど、この気持ちがなんなのかをはっきり知ってはいけない気がして、私は慌てて首を振る。そして、表情を取り繕うとお兄様と他愛ない会話を楽しんだのだった。

◇◇◇

その噂を聞いたのは、馬車乗り場でのエドとアイリーン様の逢瀬を見た数日後だった。

「エドワール様とアイリーン様が?」

「ええ。『サンクリアート』で魔法珠を留めるネックレスを選んでいたって。とても和気あいあいとして仲睦《なかむつ》まじい様子だったとか」

噂話をするクラスメイトによると、別のクラスメイトが城下にあるサンクリアートでエドとアイリーン様を見かけたというのだ。サンクリアートとは、以前私が城下に行った際に入り口前で魔法珠を落としたあの高級宝飾店だ。

「でね、これはまだ秘密なのだけど――」

クラスメイトは内緒話をするように口許《くちもと》に一本指を当てて、顔を近づける。

「夜会に出席したお姉様が噂を耳にしたのだけど、ラブラシュリ公爵家とモンシェリー侯爵家で婚約の話が出ていて、ほぼ確定らしいって――」

それを聞いた途端、その場で顔を寄せ合っていた女子生徒達が「きゃあ！」と黄色い歓声を上げる。

ラブラシュリ公爵家とはエドの実家で、モンシェリー侯爵家はアイリーン様のご実家だ。つまりその噂は、『エドとアイリーン様が婚約するらしい』と言っているのと同義だった。

「魔法珠を留めるネックレスを選んでいたなら、もう間違いないわね」

「本当ね。美男美女で、絵になる二人だわ」

クラスメイトの女子たちが笑顔で盛り上がり始める。

（嘘でしょ？）

私はその会話を、別の世界の出来事のように呆然と聞いていた。

◇◇◇

エドとアイリーン様との逢瀬を目撃してからひと月と少しが経った。

自分でも摑《つか》み切れない胸のもやもやを抱えつつも、私は未来を変えるべく、これまで同様に忙しい日々を送っていた。

ただ、ここ最近はエドと顔を合わせるのがなんとなく気まずく、ずっと避けてしまっている。放課後の魔術や魔法陣の練習も、用事があると毎回理由を付けてエドと顔を合わせないようにしていた。

そんな中、私は無事に十五歳の誕生日を迎えた。

朝食の席では家族からお祝いを言わた。「ベル。今年の誕生日プレゼントは馬がいいかと思ったんだ。どうだろう？」

「馬？　わたくしの馬ですか？」

私は驚いてお父様を見返した。馬をプレゼントしてもらえるだなんて、想像すらしていなかったから。

十五歳を迎えた私の身長は既に成人女性と同じくらいまで伸びている。けれど、学園の馬は元々騎士を目指す生徒の授業のために用意されたものなので、どれも立派で私には少々体格がよすぎるため、乗りこなすのに苦心していた。

だから、自分に合う馬を贈られるのはとても嬉《うれ》しい。

「ありがとう、お父様、お母様！」

自分の馬！　なんて素敵な響きなのだろう。

今から楽しみでならない。


その日は毎年そうであるように、学校が終わったら早く王宮に戻って家族でお祝いをしようと言われていた。

私はお兄様の授業が終わるのを待つため、学園内の図書館で時間を潰《つぶ》していた。グレール学園の図書館はとても大きく、ちょっとした市中の図書館に匹敵するほどだ。一回生から読めるような児童書から、大人が読むような専門書まで幅広く揃えられている。

立ち並ぶ書架の合間を歩きながら、本の背表紙を眺めてゆく。そして、気になる本を見つけては中をパラパラと捲《めく》り、また元に戻すという行為を繰り返した。

「姫様」

たまたま手に取った小説を読み始めたら思いの外、引き込まれてしまった。立ったまま夢中で読んでいると、落ち着いた低い声に呼びかけられた。

私は思わず顔を引き攣《つ》らせる。なぜなら、そこにはここひと月ほど避けていたエドがいたのだ。

「本を読んでいたのですか？」

「ええ。でも、もう帰るわ」

私は持っていた本をパタンと閉じると、それを元の位置に挿した。エドがここにいるということは、お兄様も今頃馬車に向かっているはずだ。

「最近忙しいのですか？」

「……ええ」

後ろめたいので、少し視線が泳いで返事も小さくなってしまった。

エドが『忙しいのか』と聞いたのは、きっとあんなに熱心に魔法の勉強をしていた私が最近になってめっきり魔法実験室に行かなくなってしまったからだろう。本当は忙しいのではなくて、エドと顔を合わせづらいから行かなかっただけだ。

じっとこちらを見つめる視線を感じ、私は居心地の悪さを感じて身じろいだ。

「姫様」

「なに？」

「十五歳のお誕生日、おめでとうございます」

私は驚いてパッと顔を上げた。エドが今日が私の誕生日だと覚えているなんて思わなかったから。ちなみに昨年は、数日前から自分で「もうすぐ誕生日なの」と繰り返し伝えたから、忘れられようもない状態だった。

「──覚えていてくれたの？」

「もちろんです」

エドは私を見つめたまま、顔を綻《ほころ》ばせた。

「──ご迷惑でなければ、姫様に一つ、贈り物をしても？」

「贈り物？　でも、わたしくは今年、エドに何もあげていないわ」

エドと私の誕生日はほぼひと月違いだ。ちょうどその時期にアイリーン様との逢瀬《おうせ》を見て気まずくて、今年はプレゼントを渡していなかった。

「そうでしたね。まあ、それはいいですよ。魔法珠をお借りしても？」

「魔法珠？」

私は小首を傾げながらもスカートのポケットからポーチに入れた赤い魔法珠を取り出す。魔法実験室で時折私は魔法珠を眺めているので、エドは私がこの魔法珠を常に持ち歩いていることを知っているのだ。

エドはそれを受け取るとじっと見つめ、ついで金色の何かと一緒に手にぎゅっと握りこみ、呪文《じゅもん》を詠唱した。エドの手元が鈍い光を放つ。

「はい、どうぞ」

すぐに差し出されたそれには、金色のチェーンが付いていた。一番下には丸い魔法珠が宝石のように、チェーンと同じ金色の台座に載ってぶら下がっている。よくよく見ると、台座の上の部分には小さなお花のモチーフが付いていた。

「わあ！　可愛いわ」

エドは驚きで口許を押さえる私を見つめ、にこりと微笑んだ。

「魔法珠の台座です。街中でよく売っていますよ」

魔法珠用の台座というだけあり、それはぴったりと私の持っている魔法珠にフィットしていた。言われてみれば、以前『サンクリアート』で見たものとよく似ている。

多くの魔法使いが婚約の印に相手に魔法珠を贈るが、その際にはそのまま渡すのではなくてネックレスや指輪、ブレスレットに嵌《は》め込んで渡すのが主流だ。前世のエドは獄中でこれを私に託したので、むき身のままだったけれど。

「お気に召していただけるといいのですが。もし気に入らないようでしたら元に戻して、台座は処分してしまいます」

「え？　駄目よ！　これは貰《もら》ったのだから、わたくしのものよ」

私は慌てて魔法珠付きのペンダントをエドから離すように隠した。

指先に、今まで慣れ親しんだコロンとした感触と共に、サラサラとしたチェーンを感じる。チラリと見ると、金色のチェーンは赤い魔法珠にとても似合っていた。

「とても可愛らしいわ」

「気に入って頂けてよかった。捜して渡しに来た甲斐《かい》がありました」

「――わたくしを捜してくれたの？」

「ええ。探索魔法で。今日も魔法実験室にいらっしゃらなかったので」

エドは屈託なく笑う。私がわざとエドを避けていたなんて、全く想像すらしていない様子で。

私はとても申し訳ないことをした気がして、胸が痛んだ。エドは何も悪いことなんてしていないのに、私が勝手に避けていたのだ。

私は手のひらに載ったネックレスを見つめた。

「でも、わたくしがこんなものを貰ってしまっていいの？」

「なぜそんなことをお聞きに？」

エドは不思議そうに首を傾げる。私は唇を噛《か》む。

「ラブラシュリ公爵家とモンシェリー侯爵家の間で婚約するって……。アイリーン様と一緒にサンクリアートで魔法珠のネックレスを選んだのでしょう？」

「ああ、よくご存じですね。婚約のことはまだ正式に公表していないのに。それに、サンクリアートにエイラと一緒に行ったことまで。お店にいるのを誰かに見られたのかな？」

エドは苦笑いをした。『エイラ』とは、アイリーン様の愛称だ。そんなにも仲がよいのかとツキリと胸が痛む。

「そう……。おめでとう」

「はい、ありがとうございます。兄に伝えておきます」

「……お兄様に？」

なぜお兄様に伝えるのかと、私は訝《いぶか》しげに聞き返す。エドは怪訝《けげん》な顔で私を見返して首を傾げた。

「エイラと婚約したのは兄ですが？」

「え⁉ そうなの？」

私は驚いて大きな声で聞き返す。

「はい。それで、兄と選びに行く前に魔法珠を嵌めるアクセサリーの下見に行くとエイラに聞いたので、姫様に贈るものを一緒に選んでくれないかと相談したんです」

完全に予想外の話だった。てっきり、エドがアイリーン様と婚約したので、彼女に贈るためのネックレスを買ったのだと思っていたから。

「もしかして、二人でサンクリアートに行って買ったのがこれ？」

「そうですが？」

「…………。嫌だわ、わたくし勘違いしていたみたい」

「勘違いと言うと？」

狼狽《うろた》える私をエドは不思議そうに見返す。自分の早とちりにカーッと頬が赤くなるのを感じた。

「エドがアイリーン様と婚約するのだと思っていたの。だから、避けたりして……」

「俺を避けていたのですか？ エイラと婚約すると勘違いして？」

エドに聞き返されて、私は言葉に詰まった。だって、仲良さそうにする二人を見るのが辛《つら》かったのだ。無言で俯《うつむ》いていると、エドがじっとこちらを見つめているのがわかった。

「…………。姫様、よかったらそちらをつけて差し上げましょうか？」

「え？」

エドは私からネックレスを受け取ると後ろに回り、金のチェーンを首の後ろから回してきた。

金属を嵌める気配が背後でして、吐息を感じそうなほどに近いその距離感に体が硬直しそうになる。前世では散々ダンスで男性達と近い距離で接してきたはずなのに、こんなに緊張してしまうのはこういった接触が久しぶりだからだろうか。

「できましたよ。こっちを向いて」

振り向くと、まっすぐにこちらを見つめるエドと目が合った。私の胸元と顔を見比べて、口許《くちもと》を綻ばせる。

「とても可愛らしいですよ」

「ありがとう……」

なんだかとても気恥ずかしく感じて、赤らむ頬を隠すように顔を俯かせた。

「他の人には何を貰ったのですか？」

「他？　えーっと、フィアからは扇子を貰ったわ。レースと羽が付いていて、とても素敵なの――」

私は今日貰ったものを思い出すように一つひとつ挙げてゆく。

「あとはね、お兄様からは馬のぬいぐるみを頂いたの。わたくしが乗馬を上手にできるようにっておまじないですって」

「ぬいぐるみ？」

先ほどまでは笑顔だったエドは虚を衝《つ》かれたような顔をする。

きっと、十五歳の誕生日プレゼントがぬいぐるみと聞いて、子供っぽいと驚いているのだろう。

「ははっ。シャル——シャルル殿下らしい。どうしても姫様を小さな子供のままにしておきたいのですね」

「どういうこと？」

「あとひと月もすれば俺達は卒業する。そうしたら、どうなると思います？」

「えーっと、お兄様やエドは大人の仲間入りをして、働き始めるわ。そして、わたくしは八回生になるの」

エドは目を瞬《また》き、耐えきれない様子でくっと肩を揺らした。

「いいですね。それでこそ姫様です。殿下の気持ちがわかります。ずっとそのままでいてください」

「エド？　わたくし、十五歳になったのよ？　あと一年で成人よ。立派なレディだわ」

なんだか子供扱いされた気がして、私は口を尖《とが》らせた。実を言うと、中身は十八歳プラス三年、つまりこの世に生を受けて二十一年なので、エドよりもずっと年上なのに。

「ええ、知っていますよ。だからこそ、皆が大切に城の奥に閉じ込めておきたいと思っていたのです。けれど、一度飛び立った小鳥は二度と籠《かご》へは戻らない。皆、姫様を心配しているのですよ」

よく意味がわからず、首を傾げる。エドは真紅の目を優しく細めると、私の胸元に飾られた魔法珠に視線を移しそっと手を伸ばす。そして、そこにかかる髪の毛を整えてくれた。

「姫様。やっぱり俺も誕生日プレゼントを頂いても？」

「もちろんよ」

「姫様は再来週の舞踏会に殿下のパートナー役で出ますね？」

「ええ、そうよ」

私は頷《うなず》いた。再来週、学園主催の舞踏会が開催される。

最高学年の八回生であるお兄様は参加が必須《ひっす》なので、私は婚約者がまだいないお兄様のパートナー役を務めることになっている。

「そのときにダンスにお誘いしてもよろしいでしょうか」

エドは目を細めてこちらを見つめ、まるで舞踏会でダンスを申し込むかのような仕草で手を差し出す。

引き寄せられるようにそこに手を重ねると、キュッと握り返された。

「それが誕生日プレゼント？」

「そうです。王女殿下のセカンドダンスのお相手を務める権利ですから、そうそう手に入れられません」

「……うん、わかったわ」

「約束ですよ？」

かつての世界で、ダンスに誘われることなど数えきれないほど経験した。けれど、こちらを見つめて微笑むエドを前に、私はまるで生まれて初めてダンスに誘われた少女のように頰が赤らむのを止めることができなかった。

◆ 12. 学園舞踏会

舞踏会用の本格的なドレスに袖《そで》を通すのは、今世では初めてだ。

私は鏡の前に立ち、自分の姿を確認した。

コルセットで細く絞ったウエストから大きく広がるスカートには幾重にもドレープが重なり、緩やかな曲線を描いている。ところどころ、ドレープが絞られた場所に飾られたリボンが十五歳に相応《ふさわ》しい可愛らしさを演出していた。

そして繊細なレースと大きなリボンに彩られた胸元には赤い魔法珠――周りの人にはただのガラス玉だと言っているけれど――が光っている。胸元の赤とドレスのオレンジが同系色なので、控えめに馴染《なじ》んだそれがかえって素敵に見えた。

このドレスはお兄様と私が一緒に参加する最初で最後のグレール学園の舞踏会ということもあり、お父様とお母様が用意してくれた一着だ。まだ十代という私の年齢に配慮しながらも、王女に相応しい豪華さがあった。

私がスカートの裾《すそ》を摘《つ》まみ、かつての世界で何度もやったように背筋を伸ばしてお辞儀をすると、目の前のレディも私の動きに合わせてお辞儀をした。腕を彩る肘《ひじ》から広がったレースのフレアスリーブは、特にお気に入りポイントだ。

少し視線を移動させると鏡越しに、今日の準備を手伝ってくれた侍女のエリーと目が合った。

「ねえ、エリー。おかしくないかしら？」

「おかしいものですか！　わたくし共が三時間もかけてご準備したのですよ」

エリーは腰に両手を当てて呆《あき》れたような顔をした。確かに、エリーを始めとする侍女達は今日のこの準備をとても頑張ってくれた。

私の初めての晴れ舞台とあって、皆、着せ替え人形気分でとても楽しみにしてくれていたようだ。

どんな髪形にするかのイラストを実に十枚以上も見せられたときは本当に驚いた。結局私はその中からサイドを三つ編みにして後ろで結い上げるハーフアップスタイルを選んだ。纏《まと》められた髪に飾られた赤いバラが髪形に華やかさを添えている。

「ふふっ、そうね。ありがとう」

「ええ、そうですわ。アナベル様は今日、会場で一番お美しいこと間違いありません」

エリーは満足げに微笑むと、「そろそろお時間では？」と言って、ドアの前に立った。

◇◇◇

舞踏会の華やかさにはすっかり慣れたと思っていたけれど、三年以上も間が空くと思った以上に色々と忘れているようだ。

お兄様にエスコートされながら学園のダンスホールの入場口に立ったとき、光を反射して虹色《にじいろ》に煌《きら》めくシャンデリアの美しさに、思わずほぅっと息を漏らした。真っ白な壁も、ワイン色の絨毯《じゅうたん》も、壁際に置かれたテーブルの装花も、何もかもが素敵に見える。

王宮のダンスホールの方がよっぽど豪華だったはずなのに、不思議なものだ。

最も高位である私達の入場は最後なので、私とお兄様が入場したとき、ダンスホールには既に多くの着飾った生徒達が集まっていた。赤、黄色、ピンク、紫……趣向を凝らした豪奢《ごうしゃ》な一着を身に纏《まと》い、皆が一様に笑顔だ。

その中にオリーフィアとクロードの姿を見つけて私は顔を綻《ほころ》ばせる。どうやら無事にクロードはオリーフィアを誘うことができたようだ。オリーフィアは可愛らしい水色のドレスを着ていた。

全員が集まると学園長の開会の合図と共に、皆がダンスホールの中央へと集まってきた。私もお兄様と向き合ってダンスホールに立つ。お兄様には普段からダンスレッスンの相手をしてもらっているので、初舞台にもかかわらず全く緊張せずに踊り切ることができた。

タランッとオーケストラの演奏が止み、一曲目が終わる。パートナー同士がお辞儀をして離れると、途端に辺りは歓談に移る人々の楽しげな声に包まれた。ふと気付けば、お兄様の周りにはあっという間に多くのご令嬢が集まっている。皆、憧《あこが》れの王太子殿下と一度でいいから踊ってみたいのだろう。

お兄様が困り顔でこちらを見つめてきたので、私はにこっと笑って片手を振る。学園生活最初で最後の機会なのだから、彼女達にこれくらいのサービスをしてあげてもいいと思ったのだ。

私の助けが得られないと知り顔を引き攣《つ》らせるお兄様を尻目《しりめ》に、私はくるりと体の向きを変えた。

（エドはどこかしら？）

私は辺りを見回しながら、歩き始める。

セカンドダンスを踊ろうと約束したのに、肝心のエドがいない。エドは今日、アイリーン様と参加すると言っていたのだけれど、どこだろう？

ぐるりと辺りを確認したけれど、見える範囲にはいないようだ。

「アナベル殿下、よろしければ――」

八回生だろうか。きょろきょろとしていると見知らぬ男子生徒から声を掛けられた。背が高くやせ型の方で、藍色《あいいろ》の上質なフロックコートを着ている。

「殿下。ダンスのお相手を――」

「いえ、是非私と――」

その脇からも次々と別の男性が声を掛けてきた。

私がその男性達の前で足を止めたそのとき、背後から「姫様っ！」と焦ったような声がした。振り返ると、体を捻《ひね》って女子生徒の壁をなんとかすり抜けてこちらに来ようとしているエドがいた。どうやら、お兄様同様にエドも女子生徒に囲まれてしまって身動きが取れなかったようだ。

袖や襟に銀糸の刺繍《ししゅう》が施されたグレーのフロックコートはエドにとても似合っていた。少し長めの黒髪は後ろに流され、整った顔がすっきりと見える。

トクンと、胸が跳ねる。

もしもお兄様の顔を知らない人にエドが王子様なのだと言ったら、きっと誰もが信じるだろう。それほどまでに、今日の彼は眩《まぶ》しく見えた。女子生徒に囲まれるのも頷ける。

（わたくしが捜している間、エドはずっと女の子に囲まれていたのかしら？）

そう思うとなんだかちょっぴり面白くなくて、私は意地悪を言った。

「随分と人気者なのね？」

「意地の悪いことを言わないで下さい」

エドは困ったように眉《まゆ》をハの字にして肩を竦《すく》める。私はその様子がおかしくて、くすくすと笑った。

「ごめんなさい。先約があるの」

後ろを振り返り私に声を掛けてきた男子生徒にそう伝えると、あからさまにガッカリとされてしまった。けれど、相手が公爵家出身かつお兄様の親友であるエドであるのを見て、太刀打ちできないと諦《あきら》めたようだ。

「姫様、お手を」

「ええ、ありがとう」

エドに差し出された手に自分の手を重ねると、少し上に掲げるようにダンスホールの中央に促される。しっかりと腰をホールドされると、思った以上に近いその距離に戸惑った。

「近いわ……」

「ダンスはこんなものでは？」

「そうなのだけど――」

エドの言う通り、ダンスのときはこれが普通だ。けれど、体が密着して見上げればすぐにエドの顔があるその距離感に、私は戸惑った。エドが見た目以上に逞《たくま》しいことが、回された腕や触れた胸元から伝わってくる。

お兄様のときはなんとも思わなかったのに。妙に気恥ずかしく感じて、自分の心臓の音がエドに聞こえてしまうのではないかと思ったほどだ。

ワルツが始まると、周囲がくるりくるりと回る。周囲の華やかさと煌めきが、まるで夢の世界のように感じられた。その中心にいたエドは私の方を見つめて微笑んだ。

「普段は制服姿か楽なドレス姿しか見かけないので……。今日は、いつにも増してとても可愛らしいですね」

「ありがとう。お父様とお母様が用意してくれたの」

「とてもお似合いです」

エドは優しく目を細めてそう言った。

最近更に低くなったエドの声は、昔私の護衛騎士だったエドの声ともう変わらなくなった。まるであの頃のエドにそう言われているような錯覚に陥りそうになる。

そういえば、かつての世界でサンルータ王国に行ってからというもの、エドは国政で忙しいダニエルに変わって時々私のダンスレッスンの相手をしてくれた。そのときはいつもとある曲を選んだ。エドがそれがいいと言ったから。

そう、あの曲は――。

演奏が終わり、私達は動きを止める。

「次は『湖畔の白鳥』です」

会場の演奏係がアナウンスした声に、私は小さく体を震わせた。それは今まさに私が思い浮かべていた曲だったからだ。

「端に寄りましょう」

ホールの中央から出るように促したエドの手を私はギュッと握った。

「姫様？　どうされましたか？」

エドは戸惑ったようにこちらを見つめる。

「もう一曲、次の曲をエドと踊りたいの。駄目？」

驚いたようにエドが目を見開いたのは、連続で同じ相手と踊ることはそのパートナーと親しい関係にあると周囲に知らしめるようなものだからだろう。

ここで踊れば、私とエドが友人以上の関係であると周囲にあらぬ憶測を生むかもしれない。けれど、私はそんな外聞よりもう一度、目の前のエドとあの曲を踊ってみたいという思いの方が強かった。

「もちろん、構いませんよ。喜んで」

エドはふわりと笑うと、私と向き合う。曲が始まり、再び体が密着した。

「それ、今日もつけてきてくれたのですね」

「え？」

エドは私の首元を視線で指さした。そこには、赤い魔法珠が飾られている。普段は制服の下にしているので見えないけれど、今日はドレスを着ていて胸元が開いているのでつけているのがよく見える。

「ええ。いつもつけているわ」

「その魔法珠を誰から貰《もら》ったのかは、まだ教えて頂けないのですか？」

「……ええ、秘密なの。でも、いつか話してもいいと思えるときが来たら教えるわ」

教えてもいいと思えるときとは、即ちあの悲惨な未来が回避できたと確信できたときだ。エドは器用に片眉を上げると「では、必ず聞き出して見せましょう」と囁《ささや》いた。


その後、私はエドに誘われてテラスへと出た。

通常の貴族の屋敷や王宮なら手入れの行き届いたバラの咲き乱れる庭園が広がっているところだけれど、残念ながらここはグレール学園の敷地内だ。テラスの前には気持ちばかりの花壇があり、その向こうにはエド達がよく剣の練習をしていた訓練場の塀が見えた。

「訓練場だわ。もう学園内ではエドの剣技を見られなくなってしまうと思うと、寂しいわね」

「ええ、そうですね」

しばらくそちらを眺めていたエドは、こちらを振り返ると私を見つめる。

「姫様にひとつお伝えしないといけないことがありまして」

「伝えないといけないこと？」

私は首を傾げる。

エドは、まっすぐにこちらを見つめていた。赤い瞳《ひとみ》が射貫《いぬ》くように私を捉《とら》える。風が吹き、辺りの木々の葉が鳴った。

「俺は、王宮魔術師になろうと思います」

「え？　剣術大会のときに来た魔法騎士の打診は？　断ったの？」

私は驚いて目を見開いた。

てっきり、エドは前世と同じく魔法騎士になるとばかり思っていたのだ。

「はい。どうしても手に入れたいものがあって、それは魔法騎士では難しいのです。魔法騎士と王宮魔術師の両方から打診を貰っていてずっと迷っていたのですが、先日の姫様の誕生日に決心しました。とは言っても、王宮魔術師になっても、それが手に入れられる可能性は低いですが……」

「私の誕生日に決心した？　欲しいもの？　何かしら？」

「なんだと思いますか？」

私を見つめていたエドは、赤い目を細めて優しく微笑んだ。また、ダンスのときのようにトクンと胸が跳ねる。

「わからないわ」

「…………。本当に？」

少し首を傾げてこちらを見つめるエドの瞳に、胸がドキドキしてくるのが止められない。いつもと違う、まるで熱を孕《はら》んだような――。

「もしもお嫌《よ》だったら避けてください」

そう言ってエドは私の方へと手を伸ばす。大きな手が頬に触れても私は避けずにエドを見つめ続けた。

エドは指先で私の反応を確かめるように頬をしばらく撫《な》でていた。そして、ゆっくりと瞬《また》きをすると秀麗な顔がこれ以上ないほどに近付き、ほんの一瞬だけ唇が触れて離れる。

私は驚きで瞠目《どうもく》したまま、エドを見返した。

「お嫌でしたか？」

「……嫌じゃないわ」

自分の唇を手で触れ、私はふるふると首を横に振る。

嫌ではない。むしろ――。

「よかった」

エドは嬉《うれ》しそうに目を細める。

「身の程知らずは承知していますが、あなたをお慕いしています。長くは掛からないよう努力します。数年間だけ、お待ちいただけませんか？」

私を見つめる真剣な瞳と、その言葉で悟った。

エドはきっと、高位の爵位が欲しいのだ。王女である私に求婚し、娶《めと》ることができるほど高位の爵位が。

王宮魔術師になるということは、目指しているのは魔法伯だろう。大魔術師ロングギール以来、誰も得ることができていない幻の爵位だ。

「ええ、待つわ」

ぽろりと涙が零《こぼ》れ落ちる。

かつて仄暗《ほのぐら》い牢獄《ろうごく》で私が願った『恋に落ちて好きな人と結婚する』という願いを、この世界のあなたは叶《かな》えてくれるのだろうか。

本当はずっと前から気付いていた。あの牢で手を握り返してくれたときから、私はずっとエドに惹《ひ》かれていた。いつも私を守って励ましてくれる、私だけのナイト。

「必ず手に入れると誓います」

エドはそう言って、私の手を取ってその場に忠誠を誓う騎士のように跪《ひざまず》いた。

「──必ず。約束よ？」

「はい。必ず」

嬉し涙で、答える声が震える。

扉の向こうからは学生たちの笑い合う声と、オーケストラの演奏が聞こえた。

一度目の人生では、初めての舞踏会でダンスに誘ってくれたダニエルと婚約して悲劇が起きた。

二度目の人生では、初めての舞踏会でダンスに誘ってくれたエドと、今度こそ幸せになりたい。

今度こそ絶対に未来を変えてみせる――……。

番外編　エドの疑念

その違和感が確信に変わったのは、探索魔法で姫様がなくしたと落ち込んでいた魔法珠を捜している最中だった。

「またか。……なんでだ？」

姫様が夕暮れの城下に一人で外出するという危険を冒してまで捜そうとした、大切な物。それは、どこの誰が渡したともわからない魔法珠だった。

一度実際に見て触れたので、簡単に捜せると思っていた。けれど、反応したのは全く別のもの――自分自身、恐らく俺の魔力だったのだ。

空いている日は姫様がなくしたと言った地域を歩き回り、繰り返し探索魔法を試みる。

しかし自分に反応してしまうので、上手《うま》く捜せない。

あるとき、俺は試しに魔力を溜《た》めた魔法珠を作ってそれを屋敷に置き、町に出てから再度探索魔法を試みた。すると、不思議なことに今度は俺自身と俺の魔法珠に反応する始末だ。

何度繰り返しても同じ結果だ。

（どうなってる？）

うまく捜せない理由がわからない。

俺は腕を組んで考え込む。

魔法珠は魔術師が同時期に一つしか作ることができない、その魔術師の半身とも言ってよい特別な物だ。そして、その一つひとつが個々人で微妙に異なっていて、全く同じものはこの世に二つと存在しない。

——そのはずだった。

けれど、この結果が引き起こされる原因を色々と調べ、導き出された答えは一つしかなかった。

それは、姫様が持っていた魔法珠と、俺の魔法珠は全く同じものであるということだ。似ているとは思っていたが、それは間違いだ。『似ている』のではなく、『同じ』なのだ。

「父上。俺には実は、生き別れた、もしくは死別した双子がいたのでしょうか？」

なぜこんな不思議なことが起こるのか。さんざん悩んだ結果、俺は父上にそう尋ねた。

父上はポカンとした表情で俺を見返し、「いるわけがないだろう」と呆《あき》れたように言った。

ようやく町で件《くだん》の魔法珠を見つけたとき、それはなみなみと魔力を湛《たた》えていた。手に握ると驚くほどに馴染《なじ》み、試しに体内への取り込みを試みると肌を浸透しすんなりと同化した。

衝撃だった。

誰かが作った魔法珠が他の人間に同化する？　有り得ない。有り得るわけがない。

「これはいったい、誰が作ったんだ？」

自分の魔法珠と同じ要領で再び作り出した手のひらの上の魔法珠を見つめ、独りごちる。

赤い珠《たま》は何か言いたげに、周囲の明かりを妖《あや》しく反射した。

後日、姫様にそれをお返しすると、姫様はそれはそれは大喜びされた。うっすらと浮かんだ目元の涙に、それほどまでに大切な物なのかと思い知らされる。同時に、それを作った相手に強い嫉妬《しっと》心が湧くのを感じた。

姫様は誰からこれを貰《もら》ったのかと尋ねると、必ず『大切な人から貰った』と言う。姫様の様子から察するに、近くにいる人間ではなく、きっともう二度と会うことができない相手から貰ったのだろうと感じた。ただ、なみなみと魔力が溜まっているところから判断するに、今も生きている人間だ。

姫様は時折、俺のことも『大切だ』と言う。そして、本人は無意識なのかもしれないが、まるで自分は姫様から好意を持たれているのではないだろうかと思わず自惚《うぬぼ》れてしまいそうな言動を繰り返したりもする。

その『大切』の意味はなんなのだろう？

赤い魔法珠を大切そうに握りしめる姫様。その姿を見ていると、嫉妬心が湧いて「では、その魔法珠を託された相手と俺ではどちらが大切ですか？」などとバカげた質問をしたい衝動にかられる。

だが、シャル——シャルル殿下が来室したので、それはせずに済んだ。

誕生日プレゼントに魔法珠のネックレスを贈ったのは、姫様の反応を見てみたいと思ったからというのもあった。

魔法珠を体内に収めることや魔法でしっかりと台座にセットすることは、本来はその魔法珠を作った本人でないとできない。つまり、俺は姫様に、自分ができるはずがないことをして見せたのだ。

目の前で魔法珠を出し、実際に台座にセットすると、そのことを知らないだけなのか、はたまた俺がそれをできると最初から予想していたのか、姫様はなんの違和感も持たない様子で目を輝かせた。

そして、実際につけてあげると恥ずかしそうに頬を染め、嬉しそうにはにかむ。

胸の内にスーッと優越感のようなものが広がるのを感じた。

姫様がつけているのは俺の魔法珠ではない。けれど、俺の魔法珠と同じものであり、セットしたのは俺だ。

魔法珠は魔術師にとって特別な物。永遠を誓った相手に渡し、相手もそれを了承した上で受け取る。深紅に染まった魔法珠のネックレスをつけて微笑む姫様を見ていたら、まるで自分の魔法珠を受け取って喜んでくれているかのような気すらした。

それに、アイリーンとの仲を勘違いした姫様の、まるで焼きもちを焼いているかのような態度に愛《いと》しさがこみ上がる。

最初はこの国の王女殿下、親友であり王太子であるシャルル殿下の妹君としか思っていなかった。

けれど、何かと俺に構い、嫌いだった赤い瞳《ひとみ》を美しいと言い、得意でもなかった剣も絶対にできるはずだと言い切ってこちらを見つめる無邪気さ。

苦手な魔法に一生懸命に取り組む真摯《しんし》さ。

普通の少女のようにときに怒り、屈託なく笑う奔放さ。

普段は大人びているのに、妙なところで抜けている愛らしさ。

長く過ごせば過ごすほど、この気持ちに蓋《ふた》をするのが難しくなる。

王女殿下である姫様に想いを寄せるなど、身の程知らずであることは十分に承知している。

実家の公爵位が継げるならまだ可能性があったが、俺にはそれがない。騎士では王女殿下である姫様の相手には相応《ふさわ》しくない。

王宮魔術師になろうと、魔法伯を賜れる保証はない。だから、俺が姫様を望んだところでそれが叶《かな》う可能性は限りなく低いことはわかっている。

けれど、そのわずかな可能性に懸けてみたいという気持ちが湧き起こる。そしてまた同じことを心の中で問いかける。

(姫様。その魔法珠は、誰に貰ったのですか?)

その台座に嵌《は》まった魔法珠を作った、姫様の心に住み続ける誰かを、いつか俺は超えることができるだろうか。

本書は「小説家になろう」等の小説投稿サイトに掲載された作品を加筆修正の上、文庫化したものです。

この作品はフィクションであり、実在の人物・地名・団体等とは一切関係ありません。

囚《とら》われた王女《おうじょ》は二度《にど》、幸《しあわ》せな夢《ゆめ》を見《み》る 1

三沢《みさわ》ケイ

令和6年12月25日　初版発行

発行者●山下直久

発行●株式会社KADOKAWA
〒102-8177　東京都千代田区富士見2-13-3
電話　0570-002-301（ナビダイヤル）

角川文庫 24462

印刷所●株式会社暁印刷
製本所●本間製本株式会社

表紙画●和田三造

ISBN 978-4-04-115420-5　C0193

◇◇◇

角川文庫発刊に際して

角川源義

第二次世界大戦の敗北は、軍事力の敗北であった以上に、私たちの若い文化力の敗退であった。私たちの文化が戦争に対して如何に無力であり、単なるあだ花に過ぎなかったかを、私たちは身を以て体験し痛感した。西洋近代文化の摂取にとって、明治以後八十年の歳月は決して短かすぎたとは言えない。にもかかわらず、近代文化の伝統を確立し、自由な批判と柔軟な良識に富む文化層として自らを形成することに私たちは失敗して来た。そしてこれは、各層への文化の普及滲透を任務とする出版人の責任でもあった。

一九四五年以来、私たちは再び振出しに戻り、第一歩から踏み出すことを余儀なくされた。これは大きな不幸ではあるが、反面、これまでの混沌・未熟・歪曲の中にあった我が国の文化に秩序と確たる基礎を齎らすためには絶好の機会でもある。角川書店は、このような祖国の文化的危機にあたり、微力をも顧みず再建の礎石たるべき抱負と決意とをもって出発したが、ここに創立以来の念願を果すべく角川文庫を発刊する。これまで刊行されたあらゆる全集叢書文庫類の長所と短所とを検討し、古今東西の不朽の典籍を、良心的編集のもとに、廉価に、そして書架にふさわしい美本として、多くのひとびとに提供しようとする。しかし私たちは徒らに百科全書的な知識のジレッタントを作ることを目的とせず、あくまで祖国の文化に秩序と再建への道を示し、この文庫を角川書店の栄ある事業として、今後永久に継続発展せしめ、学芸と教養との殿堂として大成せんことを期したい。多くの読書子の愛情ある忠言と支持とによって、この希望と抱負とを完遂せしめられんことを願う。

一九四九年五月三日

ISBN 978-4-04-114539-5

鳥籠のかぐや姫 上

宵月に芽生える恋

鶴葉ゆら

仮初《かりそめ》の婚姻から始まる運命の愛の物語。

7つの島邦を帝が統べる金鵄《きんし》国。その一つ、隠岐野《おきの》の辺境の里で暮らすかぐやには幼い頃から奇妙な力があった。それを気味悪がった育ての親の翁と媼に虐げられ、心を殺して生きていたが、帝の異母弟で黒鳶《くろとび》隊大将を務める美丈夫、祇王隆勝《ぎおうたかまさ》によって、仮初の婚姻という形で救い出される。彼は人々を脅かす妖影《かげ》と呼ばれる異形を討伐する役目を担っており、隊の姫巫女としてかぐやの力を欲してきて――。美しき和風恋愛ファンタジー！

角川文庫のキャラクター文芸

ISBN 978-4-04-114009-3

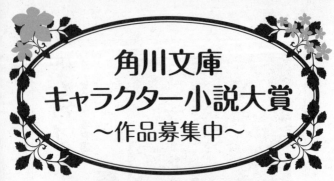